무람 장편 소설
FUSION FANTASTIC STORY

까불지마!

까불지 마! 1
무람 장편 소설

초판 1쇄 찍은 날 § 2013년 1월 23일
초판 1쇄 펴낸 날 § 2013년 1월 29일

지은이 § 무람
펴낸이 § 서경석

편집부장 § 권태완
편집책임 § 어정원

펴낸곳 § 도서출판 청어람
등록번호 § 제1081-1-89호
등록일자 § 1999. 5. 31
어람번호 § 제1-1526호

주소 § 경기도 부천시 원미구 심곡2동 163-2 서경B/D 3F (우) 420-822
전화 § 032-656-4452팩스 § 032-656-4453
http://www.chungeoram.com
E-mail § chungeorambook@daum.net

ⓒ 무람, 2013

ISBN 978-89-251-3143-6 04810
ISBN 978-89-251-3142-9 (세트)

까불지 마!

무람 장편 소설

FUSION FANTASTIC STORY

1

도서출판 청어람

까불지마!

CONTENTS

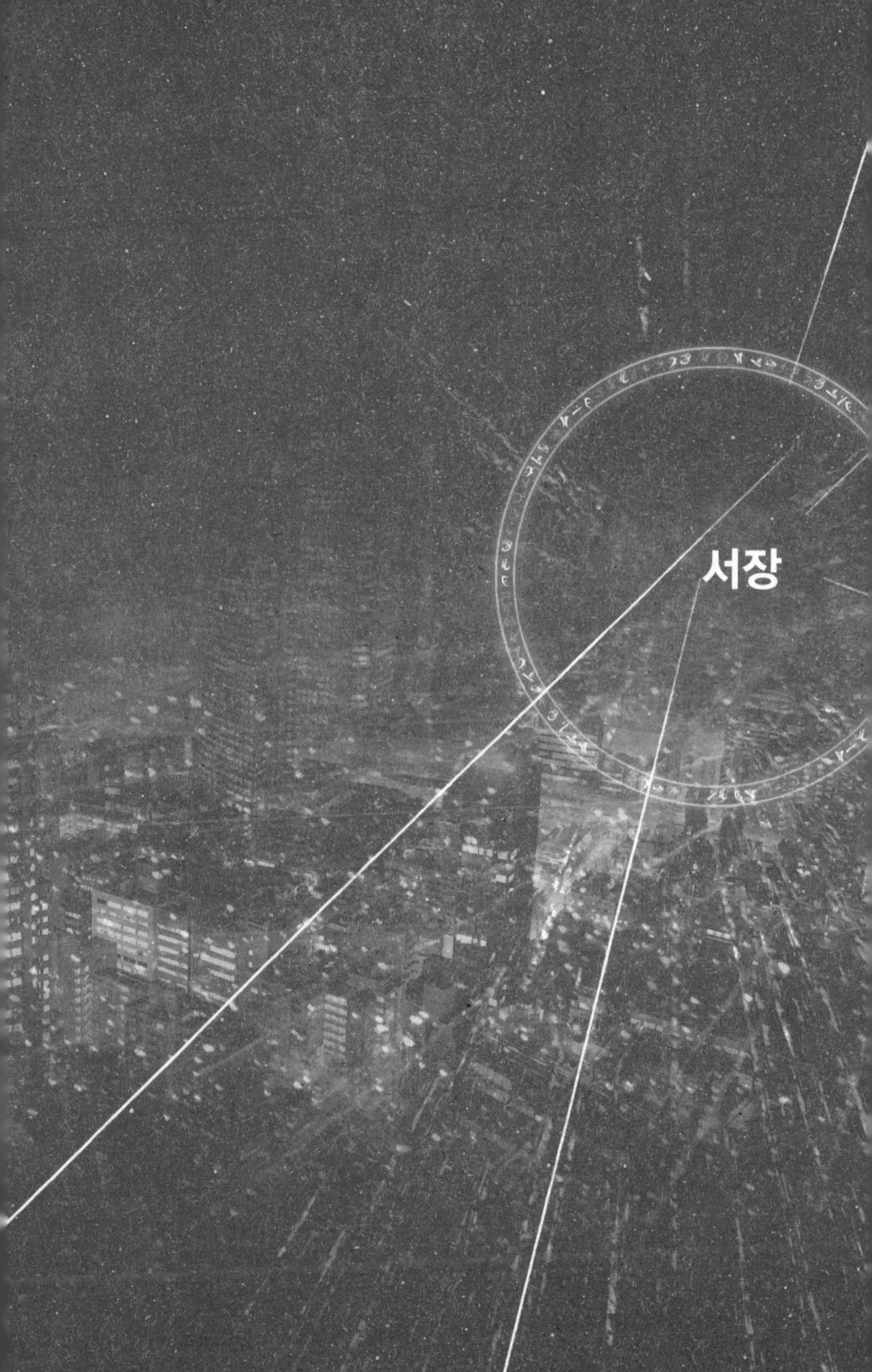

서장

불
지
마

까
불
지
마
!

비틀비틀.

한 취객이 걸어가고 있다.

억수같은 비가 쏟아지고 있으나 그는 아랑곳하지 않고 걸어갔다.

한두 잔 마신 술이 아님을 몸소 증명하듯 그는 한참 걷다가 휘청대며 난간을 붙잡았다.

터엉—

난간에서 텅 빈 깡통 같은 소리가 났다.

그것이 자신 같다고 그는 생각했다.

다시 힘겹게 일어나 걷는다.

쏴아아아—

빗줄기가 더욱 거세졌다.

대낮의 산책로에는 지나는 사람조차 별로 없었다.

때문에 장대비가 쏟아지는 산책로를 홀로 걸어가고 있는 남자에 대해 신기하게 생각하는 사람조차 없었다.

한참을 걷던 그가 산책로 끝에 도착했다. 그곳은 지나다니는 사람들을 위한 벤치가 마련되어 있었다.

그는 그곳에 척하고 앉았다.

마치 전신의 무게를 벤치에 맡기는 듯 무거운 움직임이었다.

밤처럼 어두운 거리.

검은 먹구름에 가려 햇살이 보이지 않는 야산의 산책로.

몇 시간째 쏟아붓고 있는 비 때문에 싸늘할 정도로 기온이 내려가 있는 시간.

세상에 홀로 남아 있는 듯한 감각에 젖어 남자는 가만히 눈을 감았다.

꽈르르릉!

천둥 소리와 함께 빗방울이 굵어졌다.

하늘에서 떨어진 비가 쫄딱 비를 맞고 있는 그의 눈가를 마치 눈물처럼 흘러내렸다.

강태영.

이제 막 24세에 접어든 대한민국의 청년.

그는 오늘 스스로 목숨을 끊으려 한다.

*　　　*　　　*

태영은 어릴 때부터 몸이 약했다. 그의 부모는 그것이 큰 병이라고 생각지는 않았다. 단지 선천적으로 몸이 약하다고 여겨, 보약이라거나 몸에 좋다는 것들은 죄 찾아다 먹였다.

그러나 태영의 몸이 나아질 리는 없었다.

그는 어릴 적에 좋은 기억이 없다.

몸이 약하다 보니 다른 친구들처럼 밖에 나가 신나게 뛰어 놀 수가 없었다.

태영의 어머니는 남들처럼 공부에 엄하기는 했지만, 무조건 공부를 강요하진 않았다.

그래서 놀려고 한다면 얼마든지 놀 수 있었다.

하지만 그의 약한 몸은 언제나 장애가 되었다.

조금만 뛰어도 숨이 턱 끝까지 차오르고, 금방 지쳐서 넘어지기 일쑤였다.

친구들은 결국 하나둘씩 그와는 놀지 않으려 했다.

그 나이 또래의 아이들의 세계는 간단해서, 같이 놀아 재밌지 않으면 멀리하게 된다.

결국 그는 친구도 없이 초등학교를 졸업했다.

중학교에 들어서 그는 자신의 그런 약한 몸을 어떻게든 스스로 고쳐 보려고 했다.

성장기에 접어들어서 그의 약한 몸도 차츰차츰 눈에 띄게 성장해 가고 있었다. 그래서 그는 학교가 끝난 후 늘 혼자 뒷산이며 공원이며 뛰어다녔다.

처음에는 힘들었다. 약했던 몸이 하루아침에 좋아질 리가 없었다.

하지만 악착같이 이를 악물고 하자, 차츰차츰 그의 몸이 그의 정신을 따라와 주었다.

신이 난 그는 조금씩 더 체력을 올리려 운동 강도를 높였다.

그러던 어느 날.

뒷산 산책로를 열심히 뛰던 그가 해가 지고 저녁이 되어도 돌아오지 않았다.

어머니는 저녁 준비를 하다 걱정이 되어 그를 찾아 나섰다.

그는 인적이 드문 산책로에서 쓰러진 채 발견되었다. 어머니는 놀라서 그를 병원으로 옮겼다.

다음 날 깨어난 태영은 무슨 일인지 스스로 알지 못했다.

열심히 조깅을 하던 중에 갑자기 퓨즈가 끊기듯 기절한 기억 뿐이었다.

어머니는 눈물이 글썽거리는 눈으로 앞으로 다시는 그러지 말라고 했다.

태영은 얼떨결에 그러겠노라 대답했지만, 병원에서 퇴원한 후에도 운동을 그치진 않았다.

하지만 운동은 그에게 만족스러운 결과를 주지 않았다. 기절한 그날 이후로, 그는 어머니의 눈치를 보며 맘대로 운동을 할 수 없었고, 또 생각만큼 체력이 늘지도 않았다.

결국 중학교를 졸업할 무렵이 되자 그는 나태함에 빠져 운동에서 손을 놓아버렸다.

자신의 약한 몸이 단순한 체질이 아님을 태영이 알게 된 것은 고등학교 2학년 때였다.

언제나처럼 체육 시간을 견학으로 보내고 있는데, 잘못해서 농구장에서 날아온 농구공을 얻어맞았다.

보통 학생이라면 조금 아프고 끝날 일이었지만, 태영에게는 문제가 달랐다.

그는 곧장 기절하여 응급차를 타고 실려갔다.

부모가 놀라서 달려오기 전, 의사가 심각한 얼굴로 찾아와서 정밀검사를 받아야 한다는 이야기를 전해주었다.

"무슨… 문제가 있나요?"

태영은 큰 병이 생긴 것인가 했다. 오히려 의사가 놀란 듯 되물었다.

"자신이 어떤 병인지 전혀 모르는 겁니까?"

때마침 부모가 병실로 들어왔다. 의사는 심각한 얼굴로 부모에게 물었다.

"근이양증이라는 거, 환자 본인에게 얘기하지 않으신 겁니까?"

"……!"

태영은 그날 처음 알았다. 자신은 단지 약한 것이 아닌, 불치병에 걸렸다는 것을.

중학교 이후로 숱하게 잔병치레를 겪으며 병원을 들락날락거렸다.

그 와중에도 부모는 아무런 말도 하지 않았다. 그저 독한 감기다, 근육이 놀란 것이다 등등의 이야기만 해주었다.

진찰을 하던 의사도 마찬가지였다.

사실을 알려준 의사는 정밀검사를 예약하라 이르고 사라졌다.

태영은 무슨 이야기인지 어머니를 다그쳤다. 어머니는 눈물과 함께 진실을 알려주었다.

근이양증은 보통 소아기(9~20세) 때 발병하는 근육병으로, 근력이 심각한 수준으로 퇴화하여, 심할 경우 호흡도 스스로 하지 못할 정도가 되어 사망하는 병이었다.

중요한 것은 이 병은 아직 치료약이 존재치 않아, 죽는 날을 바라보며 물리치료로 겨우 살 날을 늘리는 것이 치료의 전부인 병이었다.

"그럴 수가……."

태영은 그날부터 절망스런 나날을 보내야 했다.

마치 그가 알기를 기다렸다는 듯, 그날부터 그의 상태는 점차 더 심하게 악화되었다.

병원을 아무리 다녀도, 물리치료를 아무리 받아도, 용하다는 민간요법까지 손을 대어도 그의 병은 낫지 않았다.

당연하다. 불치병이니까.

그저 다른 환자들보다는 그나마 악화되는 정도가 더디다는 것이 다행이었다.

아니, 다행이라고 할 수 있을까. 어차피 죽을 텐데.

그럼에도 그의 부모는 어떻게든 그를 살리려고 노력했다. 그것이 헛된 노력이라고 하더라도, 그렇게라도 하지 않으면 버틸 수 없는 지옥 같은 나날이었다.

고등학교를 졸업하고, 어떻게든 대학교는 들어가야 한다는 어머니의 성화에 진학도 했다.

그때도 여전히 태영의 상태는 악화일로였다.

어느 때는 호흡이 힘들어 걷다가 쉬어야 했고, 뛰는 것은 엄두도 내지 못했다.

학교에서 필기를 하다가 떨어뜨린 펜을 줍지 못해, 옆자리의 여학생이 대신 주어줄 때도 있었다.

그럴 때마다 태영은 부끄러움에 쉬는 시간이 되면 곧장 강의실을 나가서 사라져 버렸다.

그래도 어떻게든 학비, 병원비를 스스로 충당해 보려고 알바도 찾았지만, 오래 가지 못해 그만두었다.

힘도 제대로 쓸 줄 모르는, 걷기도 힘든 환자를 받아줄 곳은 결코 없었다.

태영은 바랐다. 많은 것도 아니었다. 그저 일반인과 같은 몸을, 평범하게 걷고 평범하게 달리고 평범하게 숨 쉴 수 있는 평범한 몸. 그것만 있더라도 그는 지금까지 놓친 수많은 것들을 할 수 있으리라. 효도도 할 수 있으리라.

하지만 아니었다.

변하는 것은 없었다.

그즈음 태영은 확실하게 알게 되었다.

세상은 나를 버렸다. 이 세상은 나라는 놈을 전혀 신경 쓰지 않는다.

제대로 걷지도 못하고 호흡도 못하는, 쓰레기 같은 나에게 있어서.

이 세상은… 그저 지옥일 뿐이다.

                    *   *   *

　태영은 가지고 온 소주병을 주머니에서 꺼냈다. 뚜껑을 딸 힘도 없어서, 소주를 살 때 가게 주인에게 대신 따달라고 하고 가지고 온 것이었다.

　"크윽!"

　한 모금 넘기자 화끈한 것이 목구멍을 타고 넘어간다. 근력은 떨어져도 쓸데없이 감각만큼은 더 생생했다.

　그것이 더 고통스러웠다.

　부모님마저 2년 전 사고로 돌아가시고, 남은 것은 학비와 병원비, 월세 등등의 빚더미뿐인 이 지옥 같은 인생은 너무나 생생하기만 했다.

　자고 일어나면 꿈이기를 바란 것이 한두 번이 아니다.

　숨을 내쉬지 못해 케케대다가 하늘이 노래지면, 그냥 그대로 죽었으면 좋겠다고도 생각했다.

　하지만 아니었다.

　이 세상은 그대로였고, 지옥은 그의 곁에 있었다.

　그래서 태영은 죽으려고 한다.

　바로 오늘.

　이 산책로 아래로 떨어져서 말이다.

삶이 곧 지옥이니, 살아도 지옥이라면 죽음이 오히려 천국이리라.

'지쳤다…….'

부모도 없고 친구도 없고, 아무것도 가진 것 없는 삶을 그저 던져 버리자.

소주병을 옆에 내려놓은 그가 일어섰다.

걷기도 힘들어진 다리로 비틀거리면서 난간까지 걸어갔다. 흔한 동네 뒷산이지만, 그래도 산책로 난간 아래로는 사람이 충분히 죽을 수 있을 만한 높이의 낭떠러지가 있다.

꽈르릉!

번개가 내려쳤다. 하늘이 번쩍거리고 대지가 뒤흔들렸다.

난간을 붙잡고 넘어가려던 태영은 천둥과 함께 찾아온 갑작스런 현기증에 앞으로 쓰러지려 했다.

그 순간, 우습게도 손이 강하게 난간을 붙잡아 몸을 지탱했다.

"큭큭큭……."

생에 마지막에 찾아온 삶의 대한 집착이 우스워 그는 소리 내어 웃었다.

그때였다.

꽈르르르릉!

또 다시 하늘이 거세게 흔들렸다. 그 소리가 태영의 흐리멍

덩한 뇌를 뒤흔들어 놓았다.

척!

그가 고개를 들었다.

그것은 마치 누군가의 부름을 듣고 고개를 드는, 흡사 기사의 행동과 같은 것이었다.

강한 빛이 하늘을 갈랐다.

일직선으로, 빗줄기를 뚫고 먹구름에서부터 아래로, 벼락이 태영을 향해 내리꽂혔다.

"어? 어?"

강한 충격… 이 올 줄 알았다. 하지만 아니었다. 그 벼락은 마치 살아 있기라도 한 듯 태영의 온몸을 휘감았다.

태영은 무언가에 사로잡힌 듯 어떠한 행동도, 말도 하지 못했다.

털썩!

태영은 그대로 힘없이 그 자리에 쓰러졌다.

스며든 빛은 푸르른 색을 띤 채 그의 몸을 에워싸기 시작했다. 그 빛은 박동하듯 움직이며 그의 몸으로 조금씩 조금씩 스며들었다.

쓰러진 태영의 몸에서는 그 순간 많은 변화가 일어나고 있었다.

푸른빛은 태영의 몸속에 들어선 이후 가장 먼저 그의 육체를 변화시키기 시작했다.

　심장 부근에 모여들더니 혈류를 타고 온몸으로 뻗어 나가, 오장육부와 핏줄, 근육, 신경까지 모든 것을 바꿔 나갔다.

　태영이 그토록 바라던 멀쩡한 몸, 아니, 멀쩡함을 넘어 일반인은 누구도 가지지 못했던 기적 같은 몸으로 태영은 점차 변하기 시작했다.

　이 기적을 아는 사람 아무도 없었다.

　기절한 태영조차도.

＊　　＊　　＊

　우드득— 우드득—

　빛은 꾸준히 태영의 몸을 바꾸어 나갔다.

　장기를 바꾸어 나간 빛은 어느덧 그의 근골을 휘돌아다니고 있었다.

　태영의 몸에서는 뼈가 부서지는 듯한 소리가 들리며 온몸이 울룩불룩 변화했다.

　이 현상이 계속되면서 점차 강대해지고 단단해지는 태영의 근골!

　한참의 시간이 흐르면서 태영의 몸에서 벌어지는 다양한 변화.

이를 구태여 표현하는 명칭을 들자면 환골탈태라 할 수 있으려나.

빛에 의해 신체적으로 변하기 시작하자 태영이 입고 있던 양복이 커지는 체구로 인해 이를 버티지 못하고 세차게 찢어져 나갔다.

찌이익— 찌직!

흡사 배너 박사가 헐크로 변하는 과정에 벌어지는 일처럼 태영의 옷은 걸레가 되어 버렸다.

태영은 그런 자신의 변화를 아는지 모르는지 깊은 수면에 빠져 있는 듯이 편안한 얼굴을 하고 있었다.

그렇게 시간이 흐르고, 의식을 잃은 채 쓰러져 있던 태영이 점차 정신을 차리기 시작했다.

"으으……."

태영이 가벼운 신음을 내며 눈을 떴다.

'지금 무슨 일이 벌어진 거지?

잠시 멍하니 자신에게 무슨 일이 벌어진 지 이해하지 못하던 태영이 곰곰이 기억을 되돌려 방금 전까지의 일을 되짚었다.

그러다 자신이 벼락을 맞았다는 생각을 가장 먼저 떠올렸다.

"재수없는 놈은 뒤로 넘어져도 코가 깨진다더니… 벼락이

나 맞고……."

조금 전까지의 일들을 되짚으며 지금 벌어진 일에 대해 씁쓸한 기분이 든 태영이 팔을 들어 이마를 쓸어 올리려 하는 찰나.

자신의 팔뚝을 보고는 태영은 그대로 깜짝 놀라고 말았다.

집에서 나올 때 가장 비싼 양복을 입고 나왔는데 넝마가 된 채 팔에 너덜너덜 걸려 있는 꼴을 보고 경악을 금치 못한 것이었다.

"내 비싼 양복이……. 정말 가지가지하네. 날벼락을 맞으면 죽는다더니만… 아니, 안 죽었으니 다행이려나……."

자살하려고 이곳에 왔다는 생각은 종적도 없이 사라지고 지금 죽지 않았다는 사실을 다행이라는 여기는 태영이었다.

아마도 누군가 그런 태영을 보았다면 정말 어처구니가 없다는 생각을 하겠지만 말이다.

그렇게 태영은 몸 상태와 자신의 상황을 확인하고 있었지만 정작 자신의 몸에 어떤 변화가 일어났는지에 대하여 전혀 눈치를 채지 못하고 있었다.

아마도 벼락을 맞았다는 사실이 가지는 임팩트 때문은 아닐까 여기는 듯했다.

"정말이지 되는 게 하나도 없네……."

태영은 그렇게 중얼거리면서 몸을 일으켰다.

그런데 그 순간 이전과는 조금 다르다는 느낌을 받게 되었다.

"어? 이상해. 몸이 가뿐한데?"

태영은 언제나 어딘가에 누웠다 일어날 때면 그 어떤 무엇보다 자신의 몸이 가장 무겁게 느껴지던 사내였다.

더군다나 조금이라도 무리를 하면 천근만근처럼 느껴지는 몸이었다.

하지만 등산이란 과로(?)를 했음에도 불구하고 무겁다기보다는 오히려 개운하다는 느낌을 더 크게 받고 있는 태영이었다.

태영은 다시 한 번 자신의 몸을 살펴보았다.

옷이 찢어져 있는 부분을 걷어내어 눈으로 자세히 살펴보니 자신이 알고 있던 그 몸이 아니었다.

평소 보아오던 자신의 몸은 온데긴데없고 자신이 보기에도 윤이 나고 탄력있는 건강한 육체가 그 모습을 드러내고 있었다.

항상 가냘픈 몸을 보다가 갑자기 튼실한 육체를 보니 자신의 몸임에도 불구하고 태영은 어리둥절한 표정을 지을 수밖에 없었다.

"대체 이게 무슨 일이야? 벼락 맞더니 눈이 삐었나?"

태영은 눈을 슥슥 비볐다.

하지만 눈앞에 여전히 그대로 모습을 드러내는 구릿빛 몸매.

태영은 변한 몸을 보면서 놀랍기도 하고 신기하기도 해서 다른 곳으로 눈길을 돌릴 수가 없었다.

남자인 자신이 봐도 반할 듯한 이 강인해 보이는 육체.

"……."

태영은 그렇게 한참을 자신의 몸을 바라보다가 슬며시 볼을 꼬집어보았다.

"아야."

많이 아팠다.

"아픈 것을 보면 분명 꿈은 아닌데……?! 이게… 내 몸이라고? 어떻게 이렇게 몸이 변할 수가 있는 거지?"

태영은 자신의 몸을 신기한 눈빛으로 세세히 살펴보기 시작했다.

근이양증으로 인해 무기력한 몸을 가졌던 태영이었다.

누구보다 얇은 뼈, 그리고 점차 퇴화하고 굳어가는 근육.

그것이 태영의 몸이었는데, 지금 자신의 눈앞으로 드러나는 몸은 액션영화에서 봐온 탄력 넘치고 조각으로 빚은 듯한 그런 몸이었다.

그렇다 보니 태영은 문득 겁이 나기 시작했다.

갑자기 몸이 변했다고 해서 다른 사람 취급할 가족이 있거나 친구가 있는 것은 아니었다.

그렇다곤 해도 자신의 몸이 갑자기 타인의 몸처럼 바뀌었다는 사실에 겁먹지 않을 사람이란 존재하지 않을 터.

또한 누군가 이런 자신의 몸을 보게 된다면 이상하게 여기며 괴물을 보듯 하는 것은 아닐까 하는 불안이 가장 먼저 찾아왔다.

이런 불안은 그 규모를 확장하여 자신이 알지 못하는 어떤 단체가 이런 변화를 포착하고선 태영을 납치하여 생체 실험을 하지는 않을까 지레 겁에 질려버리는 데까지 커졌다.

"진짜로 내가 납치를 당할 수도 있을 거야. 내가 생각해도 신기한 일이 생겼는데 그 변화에 대해 알고 싶을 정도이니 말이야."

평소에는 이런 몸을 가지는 것이 간절한 꿈이었지만 이렇게 갑자기 이루어질지는 정말 상상도 하지 못한 태영이었다.

태영은 우선 주변을 먼저 살펴보았다.

혹시나 누군가가 자신을 주시하고 있는지를 확인하기 위해서였다.

그렇게 주변을 둘러보았을 때 어느덧 시간이 새벽이 되어 있다는 사실을 자각했다.

"어? 어느새 시간이 이렇게 된 거지?"

분명 자신이 산에 올랐던 시간은 환한 대낮이었는데.

밤이 되도록 산 정상 산책로 인근의 바위 위에 쓰러져 있었는데 아무도 태영 자신을 발견하지 않았다는 사실에 한편으로는 다행이라 여겼다.

"휴우, 그래도 다행이야. 내가 정신을 잃고 쓰러져 있는 동안에 아무도 이 근처를 지나가는 사람이 없었다는 게……."

태영은 주변에 아무도 없다는 것을 알고는 빠르게 몸을 움직이기 시작했다.

월세를 내고 있는 집이지만 자신의 보금자리로 최대한 빨리 가고 싶은 마음에서였다.

우선은 남들이 보기에도 이상한 차림을 하고 있으니 이 옷부터 어떻게 해야 했다.

양복바지만 하더라도 마치 강제로 갈갈이 찢어 억지로 반바지를 만든 듯 보였기에 남들 시선엔 이상한 사람으로 생각될 터였다.

더군다나 상체의 옷은 너덜너덜한 넝마였으니 그 또한 꼴이 우스웠다.

태영은 몸을 움직이면서 더욱 놀라고 있는 것이 있었다.

이전과는 차원이 다르게 날래게 움직이는 자신의 몸이었다.

근이양증으로 무기력하고 걸음 하나하나가 힘겹던 자신의 원래 모습과는 차원이 다른 그 움직임.

이는 태영의 가슴을 뭉클하게 하면서 깊은 감격을 불러일
으키고 있었다.

"정말 신기한 일이야. 우선은 집에 가서 옷을 갈아입고 정
확하게 변한 것이 무엇인지를 확인하도록 해야겠다."

태영은 움직이면서 그렇게 결론을 내리고 바로 집으로 최
대한 빨리 이동을 하였다.

1장
변화

불지마

까불지마!

태영이 살고 있는 월세 방은 따로 들어갈 수 있는 작은 대문이 있는 지하방이었다.

집에 도착한 시간이 새벽이기 때문에 남들의 시선에 크게 신경 쓸 일이 없을 만큼 한적한 거리였다.

하지만 혹시 모를 일을 대비하여 태영은 서둘러 집을 향해 걸어가고 있었다.

성큼성큼—

예전의 태영이라면 상상도 할 수 없는 걸음걸이.

꺾는 순간 그대로 무너져 내리는 다리를 가지고 있던 예전과는 차원이 다른 패기 넘치는 걸음으로 태영은 몸을 놀리고 있었다.

이 기적 같은 일에 감격하며 태영은 주위를 계속 살피고 또 살폈다.

다행히 태영이 집으로 가는 동안 그 어떤 사람과도 마주치지 않아 무사히 집 안으로 들어설 수 있었다.

집 안에 들어선 태영은 빠르게 옷장에서 옷을 꺼내어 갈아입었지만 그때마다 갑자기 커진 키 때문에 도통 옷이 맞지 않아 입을 수 없었다.

"도대체 키가 얼마나 커진 거야? 하나같이 옷이 맞는 게 없네."

태영은 유일하게 입을 수 있는 사각 팬티를 제외하곤 거의 맞는 옷이 없어서 발 앞에 쌓여가는 옷을 보며 한숨만 내쉴 뿐이었다.

그래도 지금은 집이라 알몸이라고 흉을 볼 사람이 없다는 건 참으로 다행이었다.

"그런데 내 몸이 얼마나 변한 거지?"

이렇게 중얼거린 태영은 한편에 걸려 있는 거울 앞으로 가 스스로의 몸을 비추어 보았다.

이제 몸에 다시금 신경이 쓰였는지 거울에 비친 자신을 아주 정밀하게 둘러보기 시작한 것이었다.

가장 먼저 정신을 차렸을 때 이미 파악한 부분이지만 탄탄한 근육과 단단하고 굵은 뼈대가 가장 먼저 태영의 시선에 들어왔다.

그리고 아까까지는 인지하지 못하던 한 가지 사실.

자신의 눈높이가 이전보다 한참 더 위로 올라갔다는 점이었다.

얼추 따져보았을 때 최소한 20센티는 더 자랐을 것이라는 추측이 들었다.

골격이 커진 것뿐만 아니라 키까지 이렇게 커버렸으니 옷이 작아서 입을 수 없게 된 것도 무리는 아니었다.

"흠, 벼락을 맞으니 키가 커지고 몸이 강해졌다고 하면 누가 믿을까? 아마 정신병자 취급할 거야. 아니지, 연구대상이 되어서 납치당할지 누가 알겠어."

태영은 변한 몸이야 마음에 들었지만 우선은 남들의 시선으로부터 자유로워져야겠다는 생각이 먼저 들었다.

홑몸이 되어 버린 태영이다.

게다가 어릴 적부터 부모를 제외하면 자신의 곁에는 친구 하나 없는, 외톨이 중의 외톨이가 바로 태영이었다.

언제나 조용히 혼자.

그렇다 보니 변화한 몸에 대하여 이야기할 사람도 없고, 다른 이에게 이런 모습을 보여 괜한 의심을 받을 필요도 없었다.

더군다나 장애가 있는 몸이지 않던가.

"우선은 집주인에게 전화를 해서 최대한 빨리 이사를 가야 한다고 해야겠다. 다른 동네로 이사를 가면 문제는 없을 테니 말이야."

태영이 살고 있는 집은 작지만 그래도 월세를 넣으면서 들어간 보증금이 있었다.

그렇기에 지금 있는 곳보다 더욱 저렴하고 보증금이 약하거나 아예 없는 곳으로 옮긴다면 한동안 생활하기 위한 자금도 생길 터였다.

더군다나 이제는 다른 사람들처럼 충분히 생활할 수 있는 정도의 몸이 되었기에 전과는 다른 활력이 솟구치고 있었다.

몸이 달라지니 우선은 마음가짐이 변했고 모든 일에 자신감이 생긴 태영이었다.

예전에는 항상 이런 몸을 원하던 태영이었다.

꿈에서나 현실에서나 항상 불편한 자신의 몸에 대한 원망과 서러움이 있었지만 이를 벗어던지게 된 기연에 감사할 따름이었다.

그런 또 한편으론 새로워진 몸에 쉽게 적응한 것도 너무나 놀랍고 기쁘고 신기했다.

하지만 소망하고 바라면 이루어진다고 하던가.

사실 지금까지 혼자 상상하고 꿈꾸던 것이, 그토록 바라던 소망과 의지가 기연을 완벽한 기적으로 만드는 원동력이 되었음을 태영이 인지하지 못했을 뿐이었다.

그 모든 기적이 자신의 소망과 바람에 의한 것임을.

결단을 내리고 나니 태영은 빠르게 일처리를 시작했다.

아침이 되자마자 태영은 집주인에게 전화를 걸어 이사에 대한 언급을 했다.

다행히 주인은 태영의 딱한 사정을 알기에 그가 원하는 대로 해주겠다는 확답을 주었다.

더군다나 월세 계약 기간이 지난 것도 있기 때문에 보증금도 이사갈 곳이 확정되면 비로 빼주겠다는 약속도 해주었다.

이에 바로 태영은 이사할 집을 물색하기 위해 두 다리로 열심히 뛰이다니기 시작했다.

주로 태영이 알아본 곳은 신림동에 있는 원룸이었다.

그가 바라는 조건은 보증금 없이 월세만 매달 사십만 원을 주면 되는 곳.

반나절을 열심히 돌아다닌 끝에 태영은 자신이 바라는 조건과 딱 맞는 원룸을 구할 수 있었다.

대신 조건은 삼 개월 선불로 집주인에게 준다는 전제가 붙었지만 그 정도는 충분히 처리할 수 있는 정도였고, 방이 비어서 바로 이사를 와도 전혀 문제가 없다는 점 또한 마음에 들었다.

방은 작지만 그래도 혼자서 충분히 살 수 있는 곳이라는 점도 마음에 들어 그 자리에서 바로 계약을 맺었다.

"내일 올 게 아니라 오늘 바로 짐을 가지고 이사를 와야겠어. 어차피 세도 선금으로 지불했겠다, 빨리 옮기는 편이 나으니 말이야."

태영은 원룸을 얻었으니 이제 바로 짐을 옮기려고 하였다.

자신이 살던 집에서 서로 인사하고 지내는 사람은 분명 없지만 그래도 변화한 자신의 모습을 본다면 이상하게 여길 것은 자명한 일.

해서 태영의 이사는 그렇게 은밀하고 신속하게 진행이 되었다.

*　　　*　　　*

태영이 집을 구하고 반나절이 넘은 그날 저녁.

새롭게 구한 거처에서 태영은 자신의 짐을 바닥에 내려놓으며 한숨을 돌렸다.

"휴우, 이제 나에게 벌어진 일에 대해 다른 사람들이 의아해할 일은 없겠지? 거리도 제법 떨어져 있으니 부딪칠 일도 없을 테고."

휑하기만 한 원룸이지만 새로운 자신의 거처를 돌아보며 태영은 뿌듯한 마음으로 이렇게 중얼거렸다.

부모가 돌아가신 뒤 생활비가 필요하여 가지고 있던 유품이나 살림들을 하나하나 폐기처분한 탓에 이삿짐이라곤 자신이 입을 옷들과 낡은 노트북 하나, 그리고 식기 몇 점들이 전부였다.

그런 탓에 이사 자체는 그렇게 오래 걸리지 않았다.

그런데다가 옷들의 상당수가 더 이상 입기 어려운 지경에 처했기에 버린 것도 상당수였다.

예전에 아버지가 입던 가벼운 옷들을 입는 것이 전부였으니 새롭게 옷을 장만할 때까지는 짐이 늘어날 일도 없었다.

정말 단출한 이사지만 이렇게 끝마치고 나니 태영은 자신을 둘러싸고 있던 혹시 모를 인연으로부터 해방되었단 생각에 안도감이 들었다.

새롭게 변한 자신을 누구도 알아보지 못할 것이라는 생각이 들자 본인도 모르게 입가에 미소가 그려지고 있었다.

"하하하, 이제부터는 예전의 강태영이 아냐. 새로운 강태영으로, 새롭게 시작하는 거야."

태영은 자신의 굴레를 벗어던지고 튼튼해진 몸을 얻고 나니 무엇이라도 할 수 있을 것만 같은 자신감에 가슴이 충만해졌다.

실제로 태영이 자각하진 못하고 있는 일이지만 그는 이미 일반인과는 다른 매우 특별한 몸으로 변해 있었다.

환골탈태.

뼈대를 바꾸어 끼고 태를 바꾸어 쓴다는 의미.

흔히 무협에서 새로워진 몸을 얻게 된 무림의 고수들의 현상을 두고 이렇게 표현을 한다.

태영은 바로 이러한 기연을 얻었다.

그가 가진 원래의 완력은 일반인의 반도 채 되지 못하고, 점점 약해지고 있던 것.

그에 반해 지금 현재 그가 가진 완력은 일반인과 비교했을 때 무려 다섯 배는 강한 힘을 가지고 있었고 몸속에는 그가 알지 못하는 기운이 휘돌고 있었다.

번개, 푸르른 빛이 여전히 그의 몸속에 있는 것이었다.

단지 태영 자신이 이를 깨닫거나 느끼지 못하고 있었고 그 힘을 다룰 능력이 없을 뿐.

만약 그 힘을 다룰 수 있게 된다면 그때 그에게 펼쳐질 미래란 그 누구도 예측치 못할 만한 것이었다.

아직 스스로 인지하지 못한 것도 있지만 그 기운들 또한 마찬가지로 잠을 자듯 그의 몸 안에서 웅크리고 있는 상황이니 말이다.

설사 태영이 자신의 몸속에 남아 있는 기운들에 대해 알았다 하더라도 당장 몸이 변한 것만으로도 엄청난 행운으로 여기는 중이니 신경 쓰지도 않았을 터였다.

이러한 기적이 벌어졌고, 이사까지 마치고 나니 한참 동안 들떠 있던 태영의 기분은 차분히 현실적인 문제로 눈이 돌아가기 시작했다.

당장 그에게 닥친 어려움, 바로 먹고사는 문제에 대한 것이 그것이었다.

"원룸도 얻었겠다, 몸도 예전과는 다르겠다. 이제 무언가를 해서 먹고살아야 하는데 뭐가 좋지?"

몸이 매우 건강해지자 할 수 있는 일들이 많아졌다는 사실에 짐짓 고민이 늘어나는 태영이었다.

하지만 우선적으로 다른 일보다 자신의 새로워진 몸을 움직여 할 수 있는 일을 우선적으로 해보고 싶었다.

그간 활동하지 못한 아쉬움이 있어 사무직도 좋지만 튼튼해진 몸을 시험해보고 싶은 욕구가 커진 탓이었다.

잠시 고민을 하던 태영은 원룸의 벽에 설치된 인터넷선에 케이블을 꽂고 컴퓨터에 이를 연결했다.

태영이 계약한 원룸에서 공용으로 사용하는 무상 인터넷
이 있어 이를 사용하는 것이었다.

컴퓨터를 켠 뒤 태영은 이내 일자리 사이트들을 차분히 둘
러보며 무엇이 가장 맞을지 물색하기 시작했다.

─모집, 테니스 강사. 자격 요건…….

─구인! 경비업체 시콤에서 야간 경비업무를 함께할 직원을 모집
합니다. 자격요건…….

…….

"이거 몸이 튼튼해져서 이제는 취직 걱정을 하지 않아도
된다고 생각했는데 그렇지도 않네."

인터넷을 둘러보면서 태영은 자신이 할 수 있는 일을 찾아
보면서 우선적으로 신체를 사용하는 일들을 첫번째 조건으로
물색하고 있었다.

하지만 나오는 직종들마다 내세우는 자격 요건이 어찌나
많은지.

대학을 나왔다 하더라도 그들이 원하는 조건들에는 항상
자격증이나 운동 경력 등을 요구하는 경우가 너무나 많았다.

하지만 자신에게 그러한 운동 관련 자격증이나 경력이 있
을 턱이 없다.

막상 몸이 건강해진 것은 좋지만 이를 시험하기엔 당장 자신이 뛰어들 수 있는 일들이 너무나도 없는 상황인 것이다.

그렇게 한참의 시간을 보내다가 문득 한눈에 들어오는 문구가 있어 클릭을 하게 되었다.

─건설 현장 인부 긴급 모집. 모집 요건 없음!

바로 건설 현장에 일할 사람을 모집하는 문구였다.

자신의 변화한 몸을 사용하며 당장에라도 참여할 수 있는, 신체 자격 조건이 까다롭지 않은 일이었다.

게다가 현장과의 거리도 그렇게 멀지 않았고, 본격적인 취업전선에 뛰어들기 전에, 자신이 원하는 일을 찾기 전까지 한동안 먹고사는 부분에 대해선 나름 도움이 될 것이란 판단도 섰다.

게다가 지금의 몸이라면 예전이라면 꿈두 못 꿀 중노동이 가능하리라.

작은 물건 하나 들기도 힘들고 숨 내쉬는 것 하나까지도 힘겹던 자신이었는데 드센 노동을 한다니…….

다른 사람이었다면 힘든 일을 굳이 사서 한다며 이상하게 여길 수도 있을 법한 선택이지만 태영에겐 이것만큼 두근거리는 상황이 없었다.

'어라, 가만⋯⋯.'

그러다 문득 태영은 자신의 몸의 외적인 든든함과 예전과
는 비교가 안 되는 넘치는 힘은 인지하고 있지만 이것이 과연
얼마만큼의 수준인지 알지 못한다는 사실을 깨달았다.

이를 명확히 아는 것은 태영의 삶에서 매우 중요한 척도이
기도 했다.

태영이 앓던 근이양증은 자신의 몸과의 싸움이다.

이 유전병은 어느 순간부터 몸의 근육이 힘을 잃어가는 게
그 핵심에 있다.

어떤 이들은 근육이 굳어가고, 또 다른 이들은 점차 그 힘
이 빠지고 무기력해져서 심지어 호흡마저 인공호흡기를 의존
해야 하기도 한다.

그나마 태영은 운이 많이 따른 편이어서 증상이 천천히, 그
리고 뒤늦게 찾아왔다.

환자들 입장에서 본다면 이런 상황마저도 천운이라 할 만
한 수준에 속하는 편이었다.

어릴 적 태영은 근육이 많이 약하긴 해도 푸르른 빛을 쐬기
직전에 보인 수준만큼 심각한 정도는 아니었다.

갑자기 증상이 악화되기 시작한 것은 고등학교 2학년을 마
쳤을 무렵.

그때부터 대학에 진학할 때까지 점차 그 증세는 급격히 악

화되어 가기 시작했다.

이러한 유전병에 대해 태영이 확실하게 알게 된 것은 대학교에 진학한 뒤 군 신체검사를 받고 난 뒤였다.

전에는 그저 몸이 약한 것이라 여겼을 뿐, 심각하게 생각치 않았는데 그게 아니었다.

그날 이후, 빠져나가는 근력을 붙들기 위해 애쓰고 노력하는 지옥 같은 나날이 시작되었다.

부모가 태영이 위축될까 걱정되어 병에 대해 숨긴 채 물심양면으로 자신을 지켜오고 키워왔다는 사실을 안 것도 이때였다.

그러나 이미 몸은 점점 힘을 잃어가고 있어 파도에 쓸린 모래처럼 빠져나가는 근력에 절망할 수밖에.

. 해서 몸의 상태를 아는 것, 이는 살기 위한 의지였고, 태영의 삶의 척도가 된 것이었다.

"우선 내 몸을 알아야 해. 얼마나 튼튼해졌고, 얼마나 강해졌는지."

태영은 몸이 바뀐 사실을 받아들였지만 육체의 정도가 어느 수준인지 파악하지 못했음을 뒤늦게 인정하고 정신을 바짝 차렸다.

병과 싸워오면서 절망했다곤 하지만 그대로 주저앉을 만

큼 완전한 바보는 아니었기에 삶에 대한 진념이 그에게 있었
다.

그러다 문득 불안이 하나 스쳤다.

'사실 근이양증이 변화한 몸에 존재하면 어쩌지? 급격히
몸이 나빠지는 건 아냐?'

이를 꽉 깨문 태영은 결심을 강하게 굳혔다.

앞으로 살아가기 위해선 자신에게 주어진 천운을 유지하
고 체계적인 계획하에 이끌어 나가야 한다.

몸의 수준이나 질병이 완전히 사라졌는지 항상 파악하고
체크할 필요가 있음을 잊지 않았다.

더군다나 집주인에게 받은 보증금이 있으니 당분간은 먹
고사는 데 큰 지장이 없을 뿐더러 삼 개월 간은 월세를 낼 일
도 없으니 그 기간을 활용할 필요가 있었다.

"한 달이라는 시간을 두고 우선은 몸부터 체크하자. 가까
운 곳에 헬스장이라도 가입해서 얼마나 변했는지, 또 병이 살
아 있는 것은 아닌지 확인해야 해. 혹시 병이 여전히 존재하
는데 방심하면 큰일이잖아."

태영에게 가장 중요한 것은 건강하고 탄탄한 몸이었다.

이를 위해 근력운동을 계속 이어나갈 수 있는 장소가 필요
했다.

돈도 중요하지만 그보다는 몸이 먼저였다.

‘명확한 레벨이나 수치로 자신의 근력을 테스트할 수 있는 곳이라면 확실한 게 있지.’

평생 이용해 보지 못한 곳, 헬스장을 떠올린 태영은 이내 결심을 실행으로 옮겼다.

2장

헬스장의 사나이

까불지마!

다음 날 정오, 태영은 원룸에서 그리 멀지 않은 헬스장을 찾았다.

이유는 단 하나, 어제 결심한 자신의 몸을 체크하기 위해서였다.

매우 진지한 얼굴로 헬스장에 들어서자 트레이너가 그런 그를 반갑게 맞이했다.

"어서오세요."

"네, 헬스장에 등록을 하려고 하는데요."

트레이너는 그렇게 말하는 태영의 몸을 스윽 훑어보며 짐짓 감탄하는 목소리로 말했다.

"와, 몸이 정말 좋은데요? 무술이나 격투기 같은 걸 좀 하셨나 봐요?"

"네? 아, 저 저기 그게… 그냥 좀……."

사람을 대하기 서툰 태영은 말을 얼버무리곤 이내 트레이너의 칭찬에 머쓱해 하며 머리를 긁었다.

태영이 사람 대하는 데 서툰 사람이라는 것을 눈치챈 트레이너는 곧 헬스장 이용에 대하여 설명하곤 입회비를 받는 것으로 접수를 마무리 지었다.

태영이 찾은 이 헬스장은 24시간 운영되는 곳으로 나름 시설이 괜찮아 여러 근력을 측정할 만한 기구가 많았다.

정오라곤 하지만 생각보다 사람들이 꽤 있었고, 태영이 들어서자 힐끔힐끔 그를 바라보는 시선들이 있었다.

태영의 몸이 변화한 이후 그의 몸은 날렵한 무예가의 몸처럼 잘 단련된 모습을 하고 있었다.

티셔츠에 가렸다 해도 조각처럼 잘 만들어진 몸을 한 태영이 들어오니 자연스럽게 시선이 쏟아지는 것은 당연지사.

태영 또한 자신이 봐도 감탄할 만큼 멋지고 강한 몸이 된 사실을 인지하고는 있지만 타인의 시선까지 익숙해진 것은 아니었다.

태영은 조용히 한편에 놓인 체스트 프레스 위에 앉아 잠시 다른 사람들의 시선이 흩어지길 기다렸다.

그리고 어느 정도 시간이 지나자 사람들의 시선은 저마다 흩어졌고 그제야 태영은 무게추를 조절했다.

우선 넣은 무게는 10kg.

남들이 보기엔 정말 장난치는 것처럼 보일 수 있는 무게였지만 태영에겐 그렇지 않았다.

예전의 태영에겐 이마저도 몹시 힘겨운 무게였던 것이 사실이니까.

설정을 끝낸 태영이 자리에 누워 바를 들어올리자 바는 매우 쉽게 들려 올라갔다.

"그래, 이 정도는 크게 힘들이지 않고 들 수 있는 게 맞겠지."

보이는 것만큼 확실히 자신의 힘이 강해져 있다는 사실에 묘한 감격을 받으며 태영은 아주 차분히 하나씩 단계를 올려 나갔다.

20kg, 30kg, 40kg, 60kg…….

조금씩 무게를 올리고 있지만 자신이 들어올리는 추의 무게에 대해 전혀 부하를 느끼지 못하는 사실에 태영은 기뻐 날뛸 것만 같은 기분이 되고 있었다.

그러다 문득 태영은 생각했다.

'미친 척 200kg 정도는 놔둬볼까? 에이, 설마…….'

결심을 굳힌 태영은 프레스의 무게추를 가장 아래쪽에 위치한 200kg에 두고 바를 들어올렸다.

그 순간,

번쩍!

예전이라면 꿈도 꾸지 못할, 아니 일반인들은 들기도 어려운 체스트 프레스의 200kg의 무게추가 너무나도 가뿐히 들어올려진 것이었다.

더군다나 태영 스스로는 그 무게에 대해 그렇게 힘들단 느낌을 받지 못했다!

"헉."

스스로도 놀라 내뱉은 헛숨.

그러고 나서 태영은 자신도 모르게 체스트 프레스를 들어올렸다 내렸다를 반복하기 시작했다.

끼릭— 끼릭— 끼릭— 끼릭—

한 번, 두 번, 세 번, 네 번, 다섯 번…….

태영의 팔은 큰 부담을 느끼는 것 하나 없이 어렵지 않게 체스트 프레스를 올리고 내리는 행위를 가볍게 소화해냈다.

누가 이 사람을 며칠 전 근이양증으로 무너져 내리는 자신의 몸에 절망하던 사람으로 여길까.

"내… 내가… 내가 이게 돼!"

너무나도 감격하고 기쁜 나머지 눈물까지 흘리며 태영은

저도 모르게 소리쳤다.

그 순간 사람들의 시선이 모조리 태영을 향해 쏠렸다. 그러나 그 순간만큼은 사람들의 시선이 쏠린 것도 잊은 채 자신의 몸에 벌어진 기적에 감동하며 태영은 머신을 움직이는 걸 멈추지 않았다.

'이야, 저런 근육에 저런 힘이라니 대박인데? 보통 몸 쓰는 사람이 아닐 거야.'

'우와, 200을 가볍게 재끼고 있는 것 봐.'

그런 태영을 보며 주위에 있던 남자들이 내심 감탄하며 훔쳐보았다.

심지어 트레이너까지도 그런 태영의 모습에 감탄하지 않을 수 없었다.

"이야, 진짜 운동 많이 하셨나 봐요. 머신이라지만 200kg 드는 분들이 많지 않은데."

자아도취하고 있던 태영의 곁으로 트레이너가 다가와 이렇게 칭찬하자 태영은 이내 얼굴이 새빨갛게 달아올랐다.

지금 자신이 무슨 일을 하고 있는지, 그리고 자기도 모르게 내뱉었던 탄성과 타인의 시선이 모두 자신에게 쏠려 있다는 사실을 뒤늦게 깨달은 탓이었다.

너무나 놀란 나머지 태영은 프레스를 내려두고 재빨리 자리에서 일어나 헬스장을 뛰쳐나갔다.

타인에게 이렇게 많은 시선을 받은 것도 처음이었고 사람 대하는 데 매우 서툰 태영이기에 눈치가 너무 보여서였다.

그날 이후 태영은 사람이 적은 시간에만 이곳에 와서 운동을 하리라 마음먹고 바로 집으로 뛰어 들어갔다.

부끄러움과 기쁨으로 뒤범벅된 감정을 가슴속에 한가득 품고.

기적이 가져다준 희망이 태영의 가슴에서 거세게 요동치기 시작했다.

*　　　*　　　*

헬스장에서의 사건 이후 새벽 4시가 되면 태영은 집을 나섰다.

예전에는 이 시간에 일어난다는 것은 꿈도 꾸지 못했는데 몸이 바뀔 이후 태영은 너무나도 가볍게 이른 새벽을 맞이할 수 있었다.

새벽을 맞이한 태영이 가장 먼저 시작하는 일과는 관악산을 뛰어다니는 일이었다.

처음에는 산을 뛰어올라 가는 것에 엄두가 나지 않았다.

하지만 막상 뛰기 시작하고 보니 자신의 몸이 오히려 맑은 공기를 만날 때마다 더욱 더 힘을 받는 듯한 느낌이 들었다.

　게다가 예전이라면 꿈도 꾸지 못할 속도로 마음껏 달린다는 그 사실이 너무나 감격스러운 태영이었다.

　근이양증 환자에게 달리기란 하고 싶어도 할 수 없는 일 중 하나였으니까.

　이른 새벽 일찍부터 타기 시작하는 산은 산 정상을 빠르게 찍고 헬스장으로 들어서게 되면 그 시간은 6시 남짓이 된다.

　그리고 거기에서 한 시간 가볍게 웨이트트레이닝을 한 뒤 집에 들어와 샤워를 하고 식사를 마치면 어느덧 시간은 8시 정도가 된다.

　그때부터 태영은 인터넷을 통하여 자신에게 필요한 정보들을 하나씩 알아보기 시작했다.

　우선은 지금까지 해보지 못한 운동들이나 스포츠에 대한 정보를 모으는 것이 그 첫 번째였고, 어느 정도 관심이 가는 정보들을 보면 바로 몸을 움직여 보기도 했다.

　그러다가 다시 열 시를 넘으면 또 한 차례 산행을 하고 내려와 조금 늦은 시간에 점심을 먹고 취업이나 몸을 사용하여 할 수 있는 일이 무엇이 있는지 알아보다 보면 어느덧 시간은 저녁시간이 되었다.

　태영에겐 이렇다 할 친구도 없기에 그의 휴대폰도 거의 사용을 하지 않았고 결국 그의 일과는 운동과 정보를 모으는 일이 전부였다.

모든 일과의 마지막은 야간 늦은 시간에 헬스장에 들어가 사람들이 거의 없는 상황 속에서 이전에는 하지 못하는 어려운 운동들이나 부하가 많이 드는 웨이트를 즐겼다.

"오늘도 사람들이 없으니 최대치로 해서 하자."

언제나 야간에 헬스장에 오면 태영은 기구들을 가장 최대치로 맞추어 운동을 했다.

선수가 아닌 이상 웬만한 사람들은 들어볼 엄두도 내지 못하는 그런 무게들을 태영은 가볍게 행하였다.

더군다나 이 시간에는 그런다고 해서 남들의 눈치를 볼 것도 아니다 보니 편안한 마음으로 새로운 자신의 몸을 만끽하고 또 만끽했다.

그렇다고 해서 헬스장에서 사람들과 친해지는 것을 아예 망설이거나 꺼리는 것도 아니었다.

야간에 그가 헬스장을 이용하는 또 하나의 이유, 그것은 대인 관계가 너무나 미숙한 그이기에 사람을 대하는 공부를 하기 위해서기도 했다.

야간에는 처음 자신이 왔던 날 있었던 트레이너와 항상 그 시간에 찾아오는 몇몇 사람들로 고정되어 있기에 낯을 심하게 가리는 태영이라 해도 친해지는 데 어려움이 없었다.

또한 한 달이라는 시간 동안 자신의 몸에 대해 명확하게 알아갈 수 있었고, 대인 관계를 연습함으로 앞으로 생활하는 데 필요한 계획을 위해서 착실히 자신을 바꾸어 나가고 있었다.

이 한 달이란 시간 동안 태영이 내린 결론은 다음과 같았다.

자신의 몸은 더이상 예전의 몸이 아니라는 것.

남들과는 다르게 엄청난 힘을 가지고 있어 남들이 미처 생각지도 못하는 무게를 거뜬히 들어올릴 수 있다는 것과 예전에는 상상도 하지 못했던 엄청나게 뛰어난 폐활량과 근지구력이 있었다.

자신의 다리 또한 힘겹게 걷던 그 다리가 아니라 세차게 땅을 박찰 수 있는 강인한 그것이 되어 있었다.

"예전의 내가 아냐. 이 몸이라면 무엇이든 할 수 있어. 단지 이 몸으로 뭘 해야 좋을지를 고민되네. 몸을 더 많이 움직이고 싶어."

이런 생각을 하면서 가장 먼저 간단히 떠올린 것은 공사판 현장.

힘을 쓰는 것에 대해선 누구보다 이젠 자신이 있을 뿐더러 당장 어떠한 자격증이나 조건을 내세우지도 않기에 몸을 움직이며 할 수 있는 정직한 일 중 하나라 여긴 탓이다.

남들이 바라는 안정적인 직장은 분명 아니고, 다른 많은 일들도 존재하는 건 사실이다.

그러나 지금 자신이 살아 있다고 느끼게 만드는 것은 몸을 쓰는 행위들, 생활의 안정을 찾는 것은 그 뒤에 해도 늦지 않다는 게 태영의 결론이었다.

그래서 태영이 가장 먼저 선택한 일.

그것은 아파트 공사 현장에서 철근을 나르는 잡부가 그 시작이었다.

“어이, 거기 철근 좀 가지고 와!”

“네, 갑니다!”

태영은 철근을 어깨에 메고 일을 하는 사람들이 있는 곳으로 갔다.

태영은 처음 이곳에서 면접을 보자마자 몸이 괜찮다며 바로 다음 날 일을 시작하게 되었다.

그리고 일을 할수록 힘도 좋고 모든 면에서 좋은 모습을 보여 평가가 매우 좋았다.

게다가 처음에는 낯도 많이 가리고 어수룩한 게 있었지만 갈수록 대인 관계도 예전에 비하여 많이 좋아지는 편이라는 점도 한몫했다.

그 후로는 이 현장에서 고정으로 일을 하게 되었는데 이 현장을 맡고 있는 반장의 마음에 쏙 들어 이곳의 일이 끝나더라도 함께 일을 이어가자는 제안을 받기도 했다.

그렇다고 태영이 자신의 모든 힘을 다해서 일을 한 것은 아니었다.

열심히 몸을 움직였다고는 하지만 그의 강인한 힘을 다 끌어내기엔 일의 난이도가 몸에 비하여 너무나 쉬웠다.

그렇다고 구태여 자신의 모든 힘을 끌어낼 필요도 없었기에 현재 일에 만족하고 있었다.

일을 처음 시작했을 때 구만 원씩 받던 일당도 지금은 하루에 십오만 원을 받을 만큼 사람들의 평가는 매우 후했다.

그만큼 일을 잘해 인정을 받고 있는 것이었다.

3장

이거는 뭐지?

까불지마!

　막상 태영이 일을 시작하고 나니, 꽤 대규모로 진행되는 일인 탓에 운동을 할 시간에 마땅하게 나오지 않았다.

　태영이 일을 나가게 되는 시간은 언제나 이른 새벽.

　그렇게 일을 나가 모든 일과를 마친 뒤 집에 들어오고 나면 항상 시간은 저녁 조금 늦은 시간이 되었다.

　게다가 사람들을 조금씩 알게 되니 일을 마친 뒤 술자리로 태영을 데려가는 일들도 많았기에 거기에서 보내는 시간들을 따진다면 예전에 비해선 턱없이 운동을 할 시간이 부족할 수밖에 없었다.

물론 몸에 대해 민감한 태영이라 술자리에 끌려가도 술을 마시진 않았지만 그렇다 해도 허비되는 시간이란 무시할 수 없었다.

술을 마실 시간이면 몸을 움직이며 보내는 시간이 더 소중한 태영이었으니까.

그렇다 보니 자신의 몸을 관리하는 것에 대한 강박이 있는 태영에게 지금 상황은 참을 수 없는 것 중 하나였다.

그래서 문득 태영은 과거 폐활량을 유지하는 데 도움이 되지 않을까 싶어 배웠던 단전호흡을 떠올렸다.

과거 경험에 의하면 단전호흡이 생각하는 것보다 꽤 힘이 많이 들었던 것을 떠올린 탓이다.

그리고 어느 순간부터인가 자신의 외적인 힘 외에 몸 안에 자신이 알지 못하는 기이한 힘이 있는 듯한 느낌을 종종 받고 있었던 터다.

해서 겉으로 드러나는 강인함 외에도 자신의 내부적으로 다루어야 하는 뭔가가 있지 않을까 하는 막연한 추측도 여기에 한몫을 더했다.

해서 예전에 어느 정도 배운 것도 있고 해서 태영은 돈을 아낄 겸 이에 대한 책을 하나 사서 홀로 독학하기로 결심한 것이다.

"결국은 호흡법이 문제라는 말인데? 조금 머리가 아프네?"

단전호흡에 대한 책을 보면서 태영은 자신이 이전에 배웠던 것과 내용을 열심히 대조하며 몰두했다.

그럼에도 불구하고 조금 애매한 것들에 대해서는 자신이 직접 해보며 결론을 내리기로 했다.

예전에 이를 배울 때 호흡을 잘못하는 것은 몸에 부담을 줄 수 있다고 한 이야기를 들었는데, 지금의 몸이라면 전혀 문제가 되지 않을 것이란 묘한 확신이 있으니까.

*　　　*　　　*

태영이 그렇게 단전호흡을 하며 일을 한 지 어느덧 육 개월의 시간이 지났을 무렵, 일이 발생했다.

평소처럼 단전호흡을 하던 태영은 자신의 몸에서 느껴지는 알 수 없는 이질감에 고개를 갸웃거렸다.

"이거 이상한데? 왜 이렇게 뱃속이 간질거리지? 아냐, 회충인가?"

태영은 어제부터 이상하게 단전호흡을 하면 뱃속이 간질거리기 시작했기에 이렇게 투덜거렸다.

정말로 단전호흡을 한다고 뱃속에서 회충이 요동친다는 것도 말이 되지 않았다.

그렇다 보니 한편으로 단전호흡에서 이야기하는 기라는 것이 정말로 자신의 몸에 들어선 것은 아닐까 하는 추측이 불현듯 스쳐 지나갔다.

단지 확신이 없을 뿐.

"다시 해보자. 이번에는 조금 길게 해보면 알겠지."

태영은 몸이 변한 이후 집중력이 강해졌기에 무엇을 해도 바로 집중할 수가 있었다.

그렇기에 금세 단전호흡에 빠져드는 태영이었다.

게다가 예전 몸이 아플 때는 느끼지 못했지만 새롭게 단전호흡을 시작한 이후로 몸이 호흡을 따라 묘하게 변화하는 것을 느끼던 차였다.

이를 두고 태영은 확실히 단전호흡이 효과가 있다고 여겼다.

실제로 단전호흡을 시작한 이후 하기 전보다 더 수월하게 일을 하는 것이 가능해졌고, 거기에 더불어 몸을 움직이는 행위 하나하나가 더욱 생동감을 얻었기에 그러했다.

그렇게 태영이 단전호흡을 시작하고 한참의 시간이 지나자 그의 몸에서 이상 현상이 나타나기 시작했다.

몸에서 푸르른 빛이 서서히 나타나기 시작한 것이다, 태영에게 내려쳤던 그 빛이.

푸르른 빛은 태영의 몸 밖으로 나와서는 다시 콧속으로 스며들어 가는 것을 반복했다.

콧속으로 들어간 푸른 빛은 천천히 태영의 호흡에 따라 차분히 몸을 돌며 단전으로 이동하였지만 자리를 잡지는 않고 그 주변을 맴돌았다.

푸른 빛은 그동안 태영의 몸 안에만 있다가 태영이 단전호흡을 하기 시작한 이후 이를 따라 움직였는데, 처음에는 그 움직임이 미약하여 느끼지 못했을 뿐이었다.

그러나 어느 순간부터 푸른 빛은 태영의 몸을 이제 주인이라고 인식이라도 한 것처럼 태영이 원하는 방식을 따라 이동을 했다.

아직은 태영이 원하는 대로 움직이기만 하지만 시간이 지나면 사리도 잡게 될 것이다.

"굿모닝~ 띵땡동~ 굿모닝~ 띵땡동~"

태영이 한참동안 단전호흡의 신기함에 빠져 있는 사이 휴대폰에서 아침 알람이 요란하게 울리기 시작했다.

단전호흡에 푹 빠져서 시간이 이렇게도 많이 흘렀는지 미처 알지 못한 탓이었다.

"헉! 시간이 벌써 이렇게 됐어? 씻고 나가야지. 잠 한숨 못 잤네."

태영은 빠르게 자리에서 일어나 세면을 하기 시작했다.

단전호흡으로 밤을 지새웠지만 태영은 이상하게 피곤하지

도 않고 오히려 몸이 더 개운한 것 같았다.

몸과 마음이 개운하니 출근을 하는 태영도 즐거울 따름이었다.

"안녕하세요, 이씨 아저씨."

"어, 태영 학생 왔어? 어서 가자구, 가."

태영은 출근길에 친하게 지내는 이씨를 만나 반갑게 인사를 나누었다.

두 사람은 현장 식당으로 가서 아침을 먹은 뒤 바로 현장 사무소로 들어갔다.

작업복으로 갈아입고 일을 시작하기 전 조례에 참석하기 위해 준비를 하는 것이다.

오늘따라 태영은 아침 준비를 하면서 묘하게 평소와는 다르게 마음이 들뜨는 것을 느꼈다.

유난히 맑은 정신과 컨디션도 그렇고, 유달리 감각이 살아 있는 것이 평소와 달라도 너무나 달랐다.

시작부터 그렇다 보니 오늘따라 평소에 비해 많은 양의 일을 즐겁게 잘 처리하기까지 했다.

그럼에도 불구하고 피로감이 느껴지지 않은 것은 물론이고.

"오늘은 이상하게 몸이 더 가볍게 느껴지네?"

평소에 태영이 하는 일도 남들과 비교해서 적당한 수준으

로 다른 이들과 맞추어 작업을 했지만 오늘따라 이상하게 평
소만큼 힘을 써도 배 이상으로 작업을 처리하는 상황이 벌어
졌다.

"어이, 태영이! 적당히 하라고, 적당히! 이거 뒤에 하는 사
람들은 그렇게 했다가는 죽어."

태영과 같이 철근을 나르는 일을 하는 강씨가 불평 섞인 목
소리로 고함을 질렀다.

"어휴, 오늘 태영이 컨디션이 아주 좋은 갑다. 몸이 날아다
는 게 말이야."

아침에 함께 식사를 한 이씨 또한 미소를 지으며 태영을 보
며 한마디 했다.

철근 업무를 맡고 있는 일원들끼리는 서로 사람들이 좋아
다투는 일 없이 친근한 경우가 많았다.

애초에 서로 다툴 만한 거리가 없어 더욱 그랬다.

단지 태영이 아직 젊다 보니 혈기가 넘쳐 너무 과하게 일을
해서 그것 때문에 적당히 하라는 이야기는 자주 나오는 편이
었다.

자신들은 이제 나이가 있어 태영처럼 움직일 수가 없다는
말을 하면서 말이다.

단지 그런 상황에 대해 별로 좋아하지 않는 사람은 철근 반
장뿐이지만.

“예, 오늘은 이상하게 컨디션이 좋네요. 그래도 적당히 할 게요.”

태영도 자신이 너무 일을 무리하고 싶지는 않았기에 하는 소리였다.

“하하하, 혼자 일하는 것도 아니니 적당히 해라. 그러다가 몸 상한다.”

이씨의 말에 철근 반장이 한 소리를 했다.

“어이, 이씨! 거 일 잘하는 사람에게 그게 할 소리야?”

“어이구, 반장이 들었네, 어서 일하자고.”

이씨는 반장을 보며 얼른 꼬리를 내리는 시늉을 하였고 주변에 있는 사람들은 그런 두 사람을 보며 웃고만 말았다.

“하하하.”

“허허허.”

태영은 이런 아저씨들을 보며 서서히 대인 관계에 익숙해지고 있었다.

노가다라고 하면 흔히들 힘든 일들을 주로 떠올리지만 육체를 사용하는 만큼 사람 관계가 정직한 편이다.

그 안에는 사람이 있고 서로 오가는 이야기가 있으며 각자의 애환이 존재한다.

그 속에서 생활하면서 태영 또한 좋은 사람들과 좋은 인연을 만들고 있다 생각하게 되었음은 물론이다.

*　　　*　　　*

　지난 일이 있은 후로 태영의 일과는 새벽에 나와서 일을 하고, 저녁에 집에 돌아와 단전호흡으로 하루를 마무리하는 일과가 계속되었다.

　게다가 단전호흡을 길게 하면 할수록 자신 안에서 점차 많은 변화들을 인지하기 시작했다.

　그중 미약하게나마 자신의 안에서 움직이는 요상한 기운이 조금씩 많아진다는 사실을 깨달은 게 가장 큰 수확이었다.

　예전에 잠시 기생충은 아닌가 싶던 그것이 사실은 기일 것이란 확신이 들어 설렘과 환희가 있음은 말할 것도 없었다.

　그러다 보니 그때부터 단전호흡을 하다가 자신도 모르게 밤을 새버리는 경우도 종종 벌어졌다.

　"오늘은 어제처럼 밤을 새지는 말아야겠다."

　태영은 밤을 새도 몸이 개운하기는 하지만 그래도 혹시나 모를 몸에 이상이 오진 않을까 싶어 최대한 자제를 하려 이렇게 마음을 먹었다.

　지금의 태영에게 가장 우선이 되는 것은 자신의 몸이기 때문이다.

　예전에는 이런 몸을 가지는 것이 꿈이었지만 지금은 현실이었고 그런 지금이 가장 좋았다.

매일 반복되는 일상이지만 태영은 행복하기만 했다.

이런 마음가짐으로 수련을 하니 푸른 빛도 그에 따라 점점 양이 늘어만 갔다.

태성의 호흡에 푸른 빛도 전과는 다르게 태영이 원하는 대로 확실히 움직여주기 시작한 것이다.

"어? 움직인다."

태영은 자신의 호흡법에 따라 움직이기 시작한 요상한 기운에 속으로 흥분이 되었지만 지금 이것이 왠지 자신에게 매우 중요할 것이란 판단이 섰다.

해서 마음을 차분히 가라앉히려 노력했다.

흥분하면 결국 자신만 손해라는 생각이 들어서였다.

그러나 자신의 몸에서 벌어지는 일에 대해 이미 자각한 지금, 태영은 쉽게 진정할 수 없었다.

한데 참 아이러니하게도 흥분하게 만든 대상인 기운이 외려 그런 태영을 진정시켜 주는 게 아닌다.

이 상황에 태영은 깜짝 놀라는 바람에 눈을 뜨게 되었는데 자신의 몸을 감싸고 있는 푸른 빛을 목격하고야 말았다.

'헉! 이게 뭐야?! 내 몸에서 어떻게 이런 일이 벌어진 거야?!'

태영은 소리치지는 않았지만 진심으로 놀라 심장이 벌컹

벌컹 세차게 뛰기 시작했다.

그러자 푸른 기운은 심장 어름으로 몰려와 흥분한 기운을 차분하게 만들어주며 온몸의 혈관을 따라 움직이는 모습을 보였다.

흡사 불안해하는 태영을 달래려는 듯이.

태영은 마음이 진정이 되자 그제야 자신에게 벌어진 일들을 차분히 관조할 수 있게 되었다.

눈을 반개한 채 단전호흡을 다시 시작하며 태영은 자신에게 벌어진 일을 주시하기 시작했다.

단전호흡의 호흡을 따라 푸른 빛이 자신의 콧속으로 스며들었다 나오는 사실을 눈으로 확인까지 하자 한 가지 막연한 생각이 머리를 스쳤다.

'아! 이게 기라는 것인가? 기라는 것이 눈으로 보이는 것이였군.'

태영의 눈에는 확실히 푸른 빛이 모습을 드러내고 있었지만 남들은 이를 육안으로 볼 수 없다는 사실을 모르기에 하는 생각이었다.

즉, 이는 태영만이 볼 수가 있다는 말이었다.

'그런데 나는 어떻게 기를 볼 수가 있는 거지? 그리고 기에도 저마다의 색깔이 있는 건가?'

태영은 푸른 빛이 관악산에서 자신에게 스며든 빛이라곤

생각지도 못한 채 지금 눈으로 보는 것이 단전호흡으로 생긴 기라고 오해하고 있었다.

사실 현대를 살아가는 사람 중에 기를 느끼는 사람은 거의 없다고 보아도 무방하였다.

산속에서 오랜 시간 동안 무예를 연마한 사람들도 기를 느끼지 못하는 경우가 많은데 일반적인 사람들이 오염된 도시에 살면서 기를 느낀다는 것은 절대 있을 수 없는 일이었다.

더군다나 태영의 경우는 몸속에 스며든 푸른 빛이 뭉쳐 있다가 오랜 시간 동안 단전호흡을 하니 태영의 뜻대로 움직이게 된 경우.

실제 기와는 약간 다른 성질을 가지고 있다는 사실을 태영은 알지 못했다.

한참을 그렇게 자신의 몸에 있는 푸른 빛을 관조하던 태영은 서서히 숨을 골랐다.

단전호흡을 멈추고 나자 푸른 빛은 더 이상 움직임을 보이지 않고 태영의 몸속으로 스며들어 모습을 감추었다.

"그런데 나의 기는 어째서 푸른빛이지? 하긴, 애초에 기가 보이는 것도 이상하고."

태영은 자신의 몸에서 일어나는 의문스러운 점들에 대해 고민을 하게 되었다.

그러다 자신이 날벼락을 맞은 후부터 이런 것이 아닐까 하는 생각에 이르렀다.

모든 변화는 그때부터 이루어졌으니까.

자신의 몸이 강해지면서 남들의 시선에는 투명하기만 한 기가 제눈에만 보이는 것이라 판단을 내리니 의문으로 가득하던 마음이 한결 편해졌다.

그렇다곤 해도 아직 의문이 모두 사라진 것은 아니지만 말이다.

"흠, 좋게 생각하자. 기를 볼 수 있다는 것이 나쁜 건 아니니 말이야."

태영은 좋게 생각하기로 하고 나름대로 정리를 마쳤다.

그러다 문득 무협지에 나오는 기를 활용하는 이야기들을 떠올렸다.

그러나 무심결에 장풍을 날리고 경공을 펼치는 자신을 상상해서 너털웃음이 흘러나왔다.

"하하하, 내가 참 황당한 생각이나 하고 있다니……. 몸이 좋아지니 이런 상상도 하고 말이야."

태영은 자신이 봐도 황당한 상상을 하니 웃음이 나오는 것도 이상하지 않았다.

자신도 그렇게 생각을 하는데 남이 들으면 미쳤다고 할 상상이니까.

"그나저나 기라니… 신기하네. 어쨌든 단전호흡에 더욱 시간을 투자하는 것으로 하고, 이왕 이렇게 된 거 고전 무술도 배워볼까?”

장풍까지는 아니어도 무술을 배워보고 싶었다.

그중에서도 누구나 쉽게 배울 수 있는 태권도와 같은 것보다는 보다 우리나라 고유의 전통 무술을 배워보고 싶은 마음이 강했다.

옛날과 달리 요즘에는 그래도 전통무술에 대하여 좀 더 개방된 면이 있어 인터넷만 봐도 쉽게 접할 수 있는 면이 다수 존재했다.

태영은 가장 먼저 떠오른 것이 바로 선무도였는데 전에 인터넷으로 보았던 기억이 남아 있었다.

선무도의 동작을 하나하나 촬영하여 동영상으로 만들어 누구나 볼 수 있도록 한 것이었는데 내일까지 이 자료들을 찾아볼 생각을 했다.

“내일은 자료를 모아서 나도 선무도를 익혀 봐야겠어. 어차피 돈 주고 하는 것도 아니고 공짜로 배우는 것인데 그 정도면 좋지, 뭐.”

지금이야 태영이 돈을 벌고 있지만, 부모님이 돌아가신 뒤 한동안 힘겹게 살았던 탓에 공짜를 좋아하는 습성이 생겼다.

물론 우스갯소리로 하는 이야기지만 대머리가 되고 싶은 마음은 없었다.

어쨌거나 태영이 지닌 무술에 대한 선망은 아주 어렸을 적부터 나온 것이다.

몸이 약해서 무술을 배워보려고 하였지만 무술이 아니라 무술 할아버지도 태영에게는 허락이 되지 않았다.

한 시간 정도만 서 있어서도 몸이 버티지를 못하니 배울 수 있는 무술이 있을 턱이 없다.

결국 태영은 무술에 대한 동경과 환상을 항상 가지고 있었고, 이는 열망으로 승화되었다.

그런 상황에서 새로운 몸을 얻고 기운을 느낄 수 있게 되자 욕심이 생기는 것이다, 직접 무술을 배우고 싶다는 욕심이.

그 결과가 바로 선무도였다.

그렇게 인터넷 영상을 통한 태영의 수련은 시작이 되었지만 이는 길게 가지를 못했다.

"이거 이상하네. 여기서 뭔가 더 있는 것 같은데……"

태영이 수련하는 선무도는 인터넷으로 떠돌고 있는 영상이나 자료를 보고 관찰하고 그대로 따라하는 수련이었다.

처음에는 이 영상들을 보고 수련을 하면서 크게 이상없이 진행할 수 있었다.

하지만 점차 흘러가면서 뭔가 알맹이는 빠진 채 껍질만 핥고 있는 느낌을 받았다.

단전호흡을 하며 몸속에 휘도는 기가 늘어가고 있다는 것을 확연히 느끼고 있었지만 이를 사용하는 방법에 대해 태영은 전혀 알지 못하고 있는 상황.

그런 상황에서 인터넷 상의 정보들은 선기공에 대해 간략하게 언급할 뿐, 구체적으로 전달하는 정보가 존재하지 않았다.

이 점이 태영을 가장 답답하게 만드는 원인 중 하나였다.

거기에다가 돌아다니는 영상의 태반은 시범영상이었으니 이런 점은 더욱 강할 수밖에.

태영은 이제는 무언가 큰 결단을 내려야 할 때가 왔다는 생각이 들었다.

"음, 일을 당분간 중단을 해야 하는 것이 좋을까?"

태영은 매우 진지하게 고민했다.

자신이 하고 있는 일이 임시라곤 하지만 자신의 몸을 쓰면서 살아 있다는 느낌을 받고 있었다.

거기에 나름의 보람도 있고, 사람을 대하는 것도 참 좋았다.

하지만 그보다 더 자신을 끌어당기는 것은 그간 해보지 못한 일들에 대한 욕망이었다.

그리고 선무도도 어느덧 그중 하나가 되어 있었다.

예전부터 동경하던 고대무술을 배운다는 것도 그렇지만,

자신에게 찾아온 기연을 살리기 위해선 기를 다룰 수 있는 능력이 있어야 한다.

먹고사는 문제가 마음에 걸린다 해도 아직 태영은 젊었고, 열망이 더 큰 청춘이지 않은가.

무엇보다 선무도를 배워 기를 다루는 것이 자신에게 매우 중요한 역할을 할 것이라는 묘한 확신이 있기에 고민이 되었다.

한참을 생각에 잠겨 있던 태영이 고개를 들었다.

그 눈빛에는 무언가 결단을 들어섰는지 진중한 빛을 띠고 있었다.

"이번 주까지만 일을 하고 그만두자. 일을 그만두면 본격적으로 선무도를 배워보고 싶어."

선무도는 대중에게 많이 알려져 있고 이를 수련하는 이들이 꽤 많은 편이라 알려져 있었다.

배우려 손을 뻗는다면 그 문턱이 높지 않을 것은 자명해 보였다.

태영은 그동안 혼자 독학을 하며 인터넷 상에 공개된 적은 정보만을 가지고 이를 익히려 했기에 부족한 점이 많았다.

하지만 선무도의 고수를 찾아 사사를 받는다면 이를 익히는 것은 물론 자신의 안에 존재하는 기를 다룰 수 있으리란 확신이 들었다.

의외로 자신이 독학으로 익힌 것이 나름 어렵지 않게 느껴졌다고 생각하는 것도 여기에 한몫했다.

하지만 태영이 인지하지 못한 것이 있다.

태영이 인터넷에 떠도는 것만으로 선무도의 기본 동작들을 인지하고 익힐 수 있던 이유는 바로 자신의 몸이 다른 무인들이 꿈꾸는 몸을 넘어서는 기재라는 사실을.

선무도의 기본적인 동작을 안다 해도 태영이 이 모든 것을 완전하게 몸으로 익힐 수 있던 이유, 그것은 바로 자신의 몸이 따라주기에 가능한 일이었다는 것을.

게다가 거기에 단전호흡 또한 한몫을 했는데, 태영의 몸속으로 스며든 푸른 빛을 다룰 수 있는 하나의 힘이 되고, 그 규칙을 만들어내는 데 호흡이 일조했다는 점이다.

다른 이들에게는 단순하게 건강을 위한 호흡이겠지만, 태영의 몸에 있어 단전호흡은 태영에게만 존재하는 기운에 맞추어 몸을 바꾸는 도구로 활용되었다.

그리고 여전히 태영의 몸은 진화를 하려 하고 있었다.

그만큼 태영의 몸은 변화를 기다리고 있었다는 말이었다.

*　　　*　　　*

다음 날, 태영은 철근 반장에게 집안에 일이 생겨 더 이상 일을 할 수가 없게 되었다고 통보를 했다.

사무소에서 태영과 단 둘이 앉아 이야기를 나누던 반장은 너무나 아쉬운지 입맛을 가볍게 다시며 가벼운 한숨을 내쉬며 입을 열었다.

"자네가 집안일이라고 하는데 그렇다면 내가 잡을 순 없는 노릇이지 않나. 자네만큼 일 잘하는 사람도 참 드문데 말이야. 아까워, 너무 아까워. 무슨 일인지 내가 묻는 건 실례이니 조용히 넘어가겠지만 나중에라도 다시 일을 하고 싶으면 꼭 나에게 연락을 주게. 무슨 이야기인지 잘 알지?"

반장은 아쉬운 눈빛으로 자신의 연락처를 태영의 손에 꽉 쥐어주며 한참동안 손을 놔주지 않았다.

그런 반장의 모습에 태영 또한 그간의 정을 느끼며 조용히 반장의 그런 모습에 대응했다.

"죄송합니다, 반장님. 얼마나 걸릴지는 모르지만 제가 다시 일을 하게 되면 반드시 연락을 드릴게요. 죄송합니다."

"자네가 그렇게까지 말한다면야 믿네."

반장은 태영이 자신이 내뱉은 말을 잘 지키는 사람이라는 것을 그간 같이 일을 하며 여실히 느꼈기 때문에 고개를 끄덕였다.

서운함이 가득한 표정을 짓고 있는 반장에게 태영은 정중하게 진심으로 사과를 하며 미안해했다.

태영 자신을 대신해 사람이야 구할 수 있다.

하지만 그간 쌓아온 정을 대신 구할 수는 없다.

거기에다가 현장을 마무리 짓지 못하고 중도에 하차한다는 사실도 아쉬움으로 남았다.

아마 다른 철근팀의 인부들도 태영이 그만둔다는 사실에 대해 진심으로 아쉬워할 것이 눈에 선했다.

그날 처음으로 태영은 현장에서 함께 부대끼며 일했던 사람들과 모여 술자리를 가졌다.

가장 친하게 지냈던 이씨 아저씨는 계속해서 술을 따라주고 같이 마시며 엉엉 울기까지 해서 태영은 코끝이 찐하기까지 했다.

나름 꽤 많이 마셨지만 태영은 다른 이들의 얼굴이 불콰하다 못해 보랏빛을 띨 정도로 취할 동안에 전혀 취하지 않았다.

스스로 조금은 적당히 마시려고 한 것이 없잖아 있지만 그것은 오로지 태영의 기준이었고, 다른 이들과 마신 술은 어마어마했다.

이러한 태영이 알지 못하는 변화 또한 그의 몸이 만들어낸 그만의 장점이었다.

  술자리를 마치고 돌아오는 늦은 밤 골목에서 태영은 가벼운 웃음을 흘리며 걸었다.

  거리는 조용했고, 태영의 발걸음 소리가 유난히 그의 마음을 즐겁게 했다.

  "하하하, 좋은 분들과 만나 일하는 것도 즐겁지만 나한테 필요한 게 무엇인지 알게 해주신 것 같아 그게 제일 큰 소득인 것 같네."

  태영은 노가다를 하며 보낸 시간들을 되짚어 보며 자신이 가지고 있는 큰 문제가 무엇인지 확실하게 느낄 수 있었다.

  그리고 그 문제를 아저씨들에게 많이 가르침을 받았다 생각하니 가슴이 뜨거워졌다.

  실제로 그 점에 대해서 많은 개선이 있지 않았던가.

  태영이 가장 부족하다고 생각한 부분은 바로 대인 관계의 미숙함이었는데 이들과 지내면서 그는 예전의 부정적인 모습을 찾아보기 어려울 만큼 많이 성장해 있었다.

  사회의 최하층이라고 할 수 있는 노가다 인부들.

  사회적 지위로 보고 그들을 무시하는 이들이 많지만 그들에게서 얻을 수 있는 배움이 없는 건 아니었다.

  태영보다 머리가 좋거나 공부를 많이 한 분들은 아니지만 사회에 대한 지식은 더 깊고 연륜의 현명함이 있었다.

  태영은 이들과 지내면서 부족한 부분들을, 특히 사람에 대

하여 계속 배워나갔고 그것이 태영이 노가다에서 얻은 최고
의 자산이었다.

*　　　*　　　*

집에 도착한 태영은 선무도를 어떻게 배울 것인지에 대한
생각에 빠졌다.

그런 생각 중 그에게 고민으로 와 닿은 부분은 자신의 몸에
대한 것이었다.

노가다를 하고 헬스장을 다니면서, 그리고 단전호흡을 하
며 느꼈던 자신의 몸의 놀라운 능력은 남들에게 공개할 수 있
을 만큼 단순한 것이 아니었다.

일반인의 몇 배는 강한 힘과 순발력은 만화에 등장하는 히
어로나 다를 바 없었다.

그뿐만이 아니다.

몸에서 흘러나오는 푸른 빛, 기는 또 어떠한가.

"내 몸에 대해서는 남들이 알지 못하게 해야 하는데 무예
를 배우다 보면 그렇게 되지 않을 수도 있는데 어쩌지?"

태영의 고민은 한참 동안 멈출 생각을 하지 않았다.

자신의 능력을 유리하게 사용하려면 숨기는 편이 낫겠지
만 그럼에도 불구하고 하고 싶은 일들은 모두 몸을 써야 하는

것들이다.

　그렇다고 이런 자신의 상태를 숨기기 위해 외진 시골로 가서 수련을 하자니 그것은 그것대로 마음에 내키지 않았다.

　고심 끝에 태영은 자신과 합의를 봤다.

　서울에서 선무도를 배우되 사람들이 많이 다니지 않는 숨은 실력자가 있을 만한 곳을 물색해 내기로.

　때마침 인터넷으로 검색하던 중 눈여겨 봐두었던 한 도장이 이 근처에 있는 것으로 알고 있었다.

　그곳이라면…….

　"내일 가서 등록을 하자."

　태영의 이런 결정은 앞으로 그가 살아가야 하는 미래에 상당한 영향을 주게 된다는 사실을 아직은 모르고 있었다.

　선무도를 배우면서 태영은 자신의 생각과는 다른 사람으로 살게 될 것이라는 것 또한.

　태영이 선무도를 배우기로 결정한 도장은 꽤나 작고 조금은 허름한 도장이었다.

　자신의 몸의 비밀을 감추기 위해선 큰 규모로 운영하며 선무도를 가르치는 도장보다는 소수의 인원만이 배워가는 작은 도장일 필요가 있었다.

그만큼 외부로 자신에 대하여 노출되는 것도 적을 뿐더러 자신의 몸을 감추기에도 적합하다는 판단에서였다.

태영은 어릴 적부터 남들의 관심을 받고 싶지 않았다.

낯을 가리는 것도 있었지만 자신의 몸에 대한 컴플렉스가 그를 남들과 함께 보내는 것을 두려워하는 은둔형 외톨이에 가까운 모습으로 몰아간 탓도 있었다.

자신이 처한 입장이 외로울 수밖에 없는 모습이었기에 타인의 시선만큼 괴로운 것이 없던 태영이었다.

이러한 점에서 태영이 결정한 도장은 매우 적합한 곳이었다.

아주 운 좋게, 그리고 힘들게 알아낸 곳이지만 도장을 운영하는 이들의 솜씨가 보통이 아니라는 평도 일부 눈에 띈 탓이었다.

집에서 꽤 한참을 걸어 도착한 곳에는 허름한 간판 하나가 그 모습을 드러내고 있었다.

선무원.

태영은 자신의 머리 위의 그 간판을 보며 눈을 반짝였다.

처음으로 배우는 무술에 대한 생각에 가슴이 벅차오르는 태영은 두근거리는 심장을 진정시키며 안으로 들어섰다.

그런데 그 안에는 아직 수련원들이 올 시간이 되지 않았는지 아무도 없는 것이 아닌가.

"응? 아직 시간이 이른가?"

태영은 자신이 시간을 잘못 선택하여 왔다는 생각이 들었다.

하지만 문이 열려 있는 것을 보니 누군가 있다는 의미.

태영은 입구에 서서 안을 둘러보며 크게 소리쳤다.

"안에 아무도 안계세요?"

그러자 도장 안쪽에 있는 사무실의 작은 문이 열리며 누군가 나왔다.

"무슨 일로 오셨는가요?"

대답을 하는 사람은 남자가 아닌 여자였는데 눈으로 얼핏 보아도 제법 미모가 있는 그런 여성이었다.

나이는 대강 이십대나 십대 후반 정도로 앳돼 보였다.

게다가 한 번 보면 잊혀지지 않는 인상을 가지고 있어 여성의 외모에 관심이 있는 사람이라면 밤새 설레었을지도 모를 묘한 매력도 있었다.

하지만 태영은 그런 그녀에게 크게 끌리진 않아 평소와 다를 바 없는 목소리로 말을 건넸다.

"예, 여기서 선무도를 배우려고 왔습니다."

여자는 선무도를 배우려고 한다는 소리에 태영을 자세히

쳐다보았다.

"우선 안으로 들어오세요."

여자는 자신이 있던 사무실 문 안쪽을 가리키며 이렇게 말했다.

태영이 여자와 함께 사무실로 들어가니 상담을 하기 위해 마련을 해두었는지 안에는 쇼파와 탁자들이 있었다.

"차는 무엇으로 하시겠어요?"

"저는 녹차면 되요."

"잠시만요."

여자는 태영이 원하는 녹차를 준비하였다.

태영은 급한 일이 없기 때문에 천천히 차를 마시면서 주변을 둘러볼 수가 있었다.

여자는 태영이 하는 짓을 가만히 보고만 있다가 천천히 입을 열었다.

"선무도를 배우기 위해 오셨다고요?"

조금은 퉁명스러워 보이기도 하는 여자의 말에 태영은 차분히 고개를 끄덕거리며 말했다.

"예, 집이 이 근처이기 때문에 오게 되었습니다."

"직장인이세요?"

선무도를 배우는 직장인은 지금 이 시간에 오지 않았지만 우선은 그렇게 질문을 시작하려고 하는 것 같았다.

태영은 아가씨가 묻는 의도를 짐작하는지 입가에 미소를 지으며 아니라고 했다.

"어제까진 직장인이었지만 오늘부터는 아닙니다."

"그러면 지금은 백수라는 말이지요?"

아가씨는 어제까지는 직장인이라는 말에 회사에서 짤렸다고 판단을 한 모양이었는지 짐짓 놀란 눈을 하며 물었다.

태영은 아가씨가 너무도 직설적으로 묻는 바람에 약간 어색한 얼굴을 하고 말았다.

아가씨도 태영의 표정을 보고는 자신이 무엇을 잘못하였는지를 뒤늦게 깨닫곤 미안한지 사과를 해왔다.

"미안해요. 제가 사과를 할게요."

"아닙니다. 백수인 기는 사실이니 말입니다."

태영이 어색하게 웃으면서 인정하니 아가씨는 그런 태영을 보는 눈빛이 약간 달라졌다.

앞시시는 조금 퉁명스러운 느낌이었다면 지금은 약간의 호감이 섞인 듯한 미묘한 차이.

"여기 오신 이유가 선무도를 배우고 싶어서이지요?"

"예, 선무도의 기본적인 동작은 배웠는데 더 깊은 것을 배우고 싶어서 오게 되었습니다."

태영의 대답에 여자는 의외라는 듯 놀라는 표정을 지으며 다시 물었다.

“어머, 어디서 배우셨어요?”

태영은 선무도의 동영상을 보며 배웠지만 나름 기본 동작들에 대해선 친절하게 잘 촬영이 된 영상을 통해 보았기에 꽤 몸에 배어 있었다.

그리고 자신이 배운 동영상이 어디서 나온 것인지도 알기에 바로 대답을 해줄 수가 있었다.

“경주에서 올라온 영상을 통해 배웠습니다.”

선무도는 이미 대중에게 많이 알려져 있는 편에 속하는 무예라 많은 사람이 건강을 위해 관심을 가지고 이를 배우곤 했다.

그리고 경주에는 선무도협회의 본산이 위치해 있어 태영의 말은 충분한 대답이 되었다.

여자는 태영의 말을 듣고 난 뒤 가볍게 고개를 끄덕이며 대꾸했다.

“무엇을 보셨을지 알 것 같네요. 그러면 기본적인 동작은 충분히 숙지는 하셨겠군요.”

“예, 기본적인 동작에 대해서만 알고 있습니다.”

태영은 기초 동작뿐만 아니라 좀 더 세부적이고 구체적인 동작들까지 익혀둔 상태였지만 구태여 언급하지는 않았다.

굳이 그런 이야기를 할 필요도 없을 뿐더러 괜한 잘난 척을 하는 것처럼 보이기도 싫어서였다.

"우리 원에서는 한 달에 십만 원의 회비를 받고 선무도를 알려드리는데 괜찮겠어요?"

"그 정도는 상관이 없습니다. 그런데 죄송하지만 다른 분들은 안 계신가요?"

태영은 사람이 없기에 하는 소리였다.

"호호호, 여기서 선무도를 배우는 분들은 대부분이 직장인이라 저녁이 되어야 오세요."

아가씨는 태영이 묻는 질문이 뜻하는 의미를 확실하게 알고 있었다.

이 시간 즈음에 처음 오는 사람들의 대부분은 태영처럼 이상하게 생각하며 묻곤 했다.

대체로 무술도장이라고 하면 최소한 남자 관장이나 사범이 혼자 지키고 있는 상황을 상상하게 마련인데, 막상 들어와서 살펴보면 도장을 지키는 사람이 여자이니 이상하게 여길 만도 했다.

어쨌거나 여자의 말을 토대로 본다면 지금 시간에 도장에 온다면 사람들의 시선을 피해서 운동을 하는 게 가능하단 의미로 여겨져 태영은 만족스러웠다.

"그렇군요. 그러면 저는 이렇게 낮에 와도 되나요?"

"그러시면 사범님을 만나실 수가 없는데요. 원래 이 시간에는 사람이 없어서 정규 운동 시간으로 잡고 있지 않아요. 단지 이 시간에 오시는 분들의 경우에는 기초적인 정도라면 제가 가르치는 경우가 있긴 하지만 이미 기초 동작들을 알고 계시다면 굳이 저에게 같은 걸 또 배우는 것보단 직접 사범님을 뵙는 게 나을 것 같네요.”

여자의 말에 따르면 아무래도 도장의 사범은 직장인 오는 저녁 시간이 이곳에 있는 모양이었다.

태영도 선무도에 대한 깊은 부분을 배우고 싶었기에 결국 남들이 배우는 시간에 도장에 와야 한다고 판단을 했다.

“그러면 몇 시에 배울 수 있는가요?”

“저녁 7시부터 사범님이 시작하세요.”

태영은 저녁7시부터 시작을 한다는 소리에 고개를 끄덕이며 호주머니에서 지갑을 꺼내서 회비를 지불하였다.

“여기 회비입니다. 일단 내일부터 나오도록 하겠습니다.”

“아, 잠시만요. 회비 말고 관복도 사야 해요. 운동을 하기 위해 필요한 복장이라고 생각하시면 되요.”

태영은 회비 말고도 필요한 것들이 있다는 사실을 알게 되었지만 군소리없이 추가 지불을 했다.

어차피 배울 것이라면 필요한 것들이라는 생각이 들어서였다.

태영이 나가고 나서 여자는 태영에 대해 고개를 갸웃거리고 있었다.

"재미있는 분이네."

나이를 보아도 자신보다는 많아 보였는데 정중하게 말을 하는 태도가 꽤 인상에 남았다.

그런 사람이 없는 것은 아니지만 자신을 끌어당기는 묘한 기감이 있는 사내였다.

여자는 사범의 딸로 이제 대학에 들어간 새내기였다.

매우 어릴 적부터 선무도를 배워서 상당한 실력을 가지고 있는 선무도 고수이기도 했다.

이제 겨우 대학에 들어간 풋내기다 보니 아직 남자를 사귀어 본 적도 없는 스무 살 처녀였다.

그렇다고 해서 남자에 대힌 관심이 없는 것도 아닌 터라 아버지가 운영하는 선무원을 나오면서 마음에 드는 괜찮은 남자는 없을까 두리번거리는 요즘이기도 했다.

그녀의 이상형은 꼭 선무도를 배운 사람이어야 한다는 전제 조건이 하나 포함되어 있기 때문이었다.

오늘 같은 경우에는 수업이 없어서 아버지 대신 도장을 보고 있었는데 때마침 태영이 오게 된 것이었다.

태영이 회비를 내면서 작성한 서류를 보니 자신보다는 네

살의 연상이었는데 특이하게 자신의 미모에도 흔들리지 않는 모습에 기억에 남았다.

어릴 적부터 자신에게 강한 호감을 보이는 남성들을 보아 온 그녀였다.

그렇다 보니 자신의 외모가 꽤 뛰어난 편이라는 사실을 인지하게 된 그녀였다.

그런 그녀에게 태영의 반응은 꽤나 신선한 것에 속했다.

"나 정도의 미모에도 흔들리지 않는 것을 보면 주변에 상당한 미모의 여성이 애인이거나 아니면 미인들을 많이 보기라도 한 건가?"

그녀의 이름은 김미영.

명문대학교에 새내기 중 퀸으로 꼽힐 만큼 매력적이고 뛰어난 성적을 가진 그녀는 그렇게 태영의 무덤덤하게 보이던 그 시선에 강한 흥미와 호감을 품기 시작했다.

태영의 의도와는 전혀 상관없이 그를 주목하는 인연 하나가 탄생하는 순간이었다.

*　　*　　*

미영의 상황과는 다르게 집에 돌아온 태영은 다른 생각에 골몰하고 있었다.

"선무도를 남들과 같이 배워야 하는데 너무 튀지 않게 더욱 조심해야겠어. 전혀 예상치 못한 상황인데?"

인터넷이나 자료를 조사했을 때만 하더라도·혼자서 교육을 받을 수 있을 것이라 생각하던 태영이었지만 실제 상황은 타인들과 함께 교육을 받아야 하는 처지.

결국 태영 스스로 튀지 않도록 조심하는 수밖에는 별 도리가 없다 판단을 내렸다.

막상 이렇게 생각을 정리하고 나자 태영은 새롭게 벌어진 선무도를 배우는 수련의 시간에 대한 기대감으로 가슴이 부풀어 올랐다.

"이왕 본격적이고 체계적으로 배우고 익히겠다 결정한 이상 미리 좀 더 연습을 해볼까?"

일이 벌어진 이상 이를 즐기기로 태영은 이렇게 마음먹고 자리에서 일어나 선무도 기본 동작들을 펼치기 시작했다.

그러다 문득 태영은 자신도 모르게 단전호흡을 함께 풀어가기 시작했다.

이 두 가지를 함께 벌이기 시작하자 어느 순간 태영은 자신 안에서 꿈틀거리며 돌아다니는 푸른 기운의 존재를 느끼게 되었다.

평소 단전호흡을 하며 느꼈던 것보다 더욱 강렬하게 그 존재를 드러내며 기운은 푸른 빛의 형태로 태영의 피부를 따라 선무도 동작에 맞추어 움직이기 시작했다.

이 상황에 태영은 다시 한 차례 놀라며 기를 관조했다.

예전에 비하여 확실히 태영의 몸에서 안정적으로 이것이 움직여 다녔다.

처음에는 기를 어찌할 방법이 없어서 그냥 모으기만 했다는 느낌이었는데 선무도를 펼치면서 하고 있으니 호흡뿐만 아니라 그 동작에 맞추어 기가 움직이는 것을 태영은 알 수 있었다.

'이럴 건 미처 생각지도 못했는데?!'

자신이 알고 있는 기본 선무도의 동작이 기를 다루는 도구가 되는 것을 뒤늦게 알게 된 태영은 함성을 지를 것만 같은 전율을 느꼈다.

특히 기가 선무도의 움직임에 따라 움직이는 것을 알게 되니 선무도 자체가 무협소설에서 보았던 동공의 효과를 가져온다는 확신이 들었다.

태영이 펼치는 동작에 따라 푸른 빛의 기가 따라 움직였고 강하게 염원하면 푸른 빛은 더욱 강하게 활동하는 모습을 보여주었다.

그 순간 태영은 자신도 모르게 주먹을 세차게 내뻗었다. 그 순간 푸른 빛이 강하게 앞을 향해 내뻗어졌다.

쾅!

바스스—!

태영의 주먹을 따라 뻗어진 푸른 빛이 집안 콘크리트 벽에 부딪치더니 커다란 소리와 함께 흠을 움푹 파버리는 게 아닌가.

그 순간 태영은 자신이 해낸 일에 모든 행동을 멈추고 경악했다.

"이, 이게 뭐야?!"

생각지도 못한 사태에 태영이 두 눈을 부릅뜨고 벽을 살폈다.

자신의 몸이 일반인들에 비하여 꽤나 강력한 힘을 가지고 있다는 사실까지는 알고 있지만 푸른 빛이 이런 강력한 위력을 가질 거라곤 미처 상상치 못했던 태영이었다.

그러다 보니 사신이 익힌 선무도의 기초 동작만으로 이런 위력을 보인 자신의 상태에 대해 경악을 하였다.

더욱 깊이 선무도를 익히기 위하여 선무원을 등록한 바로 오늘!

벌렁거리는 가슴을 부여잡으며 태영은 이 사실에 자신의 손을 한참 동안 바라보았다.

자신의 기운과 몸을 더욱 잘 다스려야 하는 이유가 늘어나는 순간이었다.

그 후 밤이 꽤 깊어진 시간.

집 벽 한 곳에 파인 자국을 만들어버린 태영은 관악산에 올라 한참 선무도 동작과 단전호흡을 벌이고 있었다.

오후 조금 늦은 시간 집에서 나와 여태까지 오로지 자신의 몸을 움직인 것이다.

그리고 놀라운 수확 하나를 얻었다.

기를 온전하게 다스리는 것은 아니지만 자기 멋대로 푸른 빛이 뻗어나가 괴력을 발휘하는 것을 억누르는 방법을 터득한 것이다.

그야말로 감짝 놀랄 만큼의 발전이지만 태영은 이제야 겨우 한숨을 돌린다는 듯 자리에 털썩 주저앉았다.

"휴우, 이제야 좀 살 거 같다. 정말 조절할 수가 있게 되어 다행이지 그렇지 않았다면 내일 당장 사고 쳤을 거야. 틀림없어."

참 아이러니한 일이었다.

자신의 몸 안에 존재하는 기를 다루기 위해 선무도의 깊은 수련을 익히려 했던 것인데 자기 스스로 어느 정도 이를 터득해 버렸으니.

만약 이대로 내일을 맞이했다면 선무도를 펼치던 도중 자신의 몸에서 뻗어 나온 푸른 빛에 사람이 죽었을지도 모른다는 끔찍한 상상이 머릿속을 스쳐 지나갔다.

"어휴, 살인자가 안 되게 된 게 정말 다행이야. 운이 따랐어."

태영은 이렇게 읊조리며 안도했다.

이제는 남들과 같이 주먹을 사용해도 충분히 기운과 힘의 강도를 조절할 수가 있게 되었으니 다시금 타인의 주목을 받는 일은 없을 것이라 생각했다.

그렇지만 더 깊고 심화된 선무도를 익힌다면 어떻게 될까.

그 생각을 하자 태영은 설레는 가슴을 진정시킬 수 없었다.

정말로 꿈꾸던 무공 고수가 될 것이라 상상하며 그 자리에서 태영은 왁 하고 호쾌하니 웃어버렸다.

*　　*　　*

선무원의 수련을 시작한 첫 날이 되었다.

도장에 도착하여 태영은 사범과 함께 실력을 평가하기 위한 간단한 몇 가지 시험을 거치게 되었다.

앞서 태영이 어느 정도 선무도를 혼자 공부했다는 이야기를 미영을 통해 전해 받았던 사범은 태영의 실력을 우선 체크하기로 한 것이다.

그런데 기초밖에 모른다는 이야기와 달리 태영이 보여주는 모습은 사범을 몹시도 경악하게 만들 만큼의 수준이었고 기본 동작 하나하나가 그야말로 완벽에 가까워 깜짝 놀랐다.

"아니, 대체 선무도를 얼마나 익히고 오셨는가? 딸내미 말로는 영상만을 봤다더니 이건 그런 수준을 넘어서는구먼?"

태영은 자신이 익힌 것들을 펼치다가 사범의 입에서 나온 말을 듣고 심상치 않음을 깨달았다.

그런 사범의 태도에 당황하기도 한 태영은 속으로 거짓을 보태야 한다고 무심결에 생각해 저도 모르게 이렇게 말을 건넸다.

"제가 선무도를 배우게 된 지는 대략 십 년 정도 되었습니다."

그리고 뒤늦게 자시의 말이 너무 과장되었다 여겨 첨언을 잊지 않았다.

"…기초뿐이지만요."

태영의 말에 사범은 그제야 이해가 가는 얼굴을 하며 고개를 끄덕였다.

"자세를 보니 상당히 수련이 잘되어 있어서 물었는데 그 정도의 시간 동안 수련했다면 그럴 만도 하구먼. 그래, 어디까지 배웠는가?"

"아직은 기본적인 동작만 할 줄 압니다. 더 깊은 수련은 아직 배우지를 못했습니다, 사범님."

"아니, 그래도 형은 배웠을 것이 아닌가?"

선무도의 형은 대부분이 일반인들에게도 개방되어 있기 때문에 누구나 쉽게 배울 수가 있어서 하는 말이었다.

"형에 대해서라면 모두 숙지를 하고 있습니다. 다만 선기공에 대한 배움이 없어 단전호흡으로 대체를 하고 있는 중입니다."

"허허허, 선기공이니 단전호흡이니 뭐가 다르겠는가. 결국 내기를 모은다는 것에서는 같은 것인데 말이지. 하지만 거기까지 젊은 친구가 생각했다면 이거 대단한 친구를 만났군. 수련의 깊이가 깊은 사람이 아니면 이야기하지 않는 것이 내기란 것인데 자네는 이야기를 들을 자격이 있으이. 내가 조금 이야기를 해도 되겠는가?"

사범은 태영의 실력이 상당하다는 것에 제법 기분이 좋은지 선무도에 대한 것을 아주 자세히 설명해 주었다.

태영은 그동안 자신이 혼자 독학하며 전혀 모르고 있던 부분들에 대해서 약간이나마 깨달음을 얻을 수 있었다.

사범의 이야기는 일반인이 익히는 선무도와는 조금 거리

가 있었다.

그 안에는 좀 더 무인적인 깊이와 상념이 있어 태영이 바라던 기의 존재와 깊은 무예에 대한 것들을 알아가는 계기가 되기 시작했다.

그렇게 태영의 선무도 수련이 시작된 것이다.

*　　*　　*

수련을 시작한 이후 태영은 하루하루가 너무나 기뻐 구름 위를 뛰어다니는 기분이었다.

남들이 보는 곳에서는 기운을 숨긴 채 수련했지만 아무도 보지 않을 때면 아주 살며시 기운을 끌어 사범에게 전해 들은 공부를 첨가하며 점차 자신의 능력을 키워가고 있었다.

그렇게 태영은 선무도에 깊이 심취해 들어가는 나날을 보내고 있던 것이다.

오랜 시간이 지나지 않아 태영 자신도 모르는 사이에 그는 도장 내에 손꼽히는 실력을 지닌 선무도원이 되어 있었음은 이루 말할 것도 없고.

은인자중하며 선무도를 수련한 지 몇 달 정도 지났을 무렵,

사범이 따로 태영을 사무실로 불러들였다.

"사범님 부르셨어요?"

"그래, 이번에 우리가 선무원에서 선무도 시범을 하게 되어 자네가 나가주었으면 해서 불렀네."

사범은 태영의 실력이 지금 배우고 있는 사람들보다는 높다는 것을 잘 알기에 하는 소리였다.

하지만 태영은 그런 사범의 말에 깜짝 놀란 표정을 지었다.

"예? 저보고 시범을 하라고요?"

"그래, 이번 시범은 우리 원의 체면이 걸린 문제이니 자네가 나가서 해주었으면 하구만. 대신 다음 달부터 자네는 회비를 내지 않아도 좋네. 이만하면 서로에게 좋은 일이 아니겠나?"

사범이 내세운 제안은 태영에게 선무도를 가르치면서 그의 성격을 잘 파악한 데에서 나온 제안이었다.

태영은 본래 낯을 심하게 가려 타인의 앞에 서는 것을 두려워한다.

그런데다가 짠돌이기도 했다.

젊은 친구가 어떤 이유 때문인지는 몰라도 선무도에 너무나 깊이 심취하여 일까지 그만두고 몇 달 동안 최저 생활비만을 가지고 선무도를 수련하는 데 전념하고 있다는 것 또한 사범은 알게 되었다.

또 이번 시범은 자신의 원만 나오는 것이 아니라 전국의 여러 선무원들이 모여 벌이는 행사였다.

다시 말해 원과 자신의 얼굴의 체면이 걸린 일인데, 사범이 운영하는 이 선무원은 워낙에 사람이 적고 빼어난 인물이 없어 태영에서 손을 빌릴 수밖에 없는 입장이 된 것이었다.

시작한 지는 오래지 않았으나 태영의 기본은 그 어떤 누구보다 완벽했으니까!

거기에 더불어 잘만 하면 태영이 일 등도 노릴 수 있을 거라는 기대감도 여기에 섞여 있었다.

사범의 제안을 들은 태영은 그 순간부터 고민에 휩싸였다.

'음, 회비를 내지 않아 좋기는 하지만 그래도 남들의 앞에서 선무도를 보여주고 싶지는 않은데 말이야.'

돈이야 솔직히 노가다를 하면서 벌어놓은 것이 제법 많았다.

혼자 생활하고 살아가다 보니 돈 쓸 일도 거의 없으니 선무도에 집중하기로 한 꽤 긴 시간 동안 돈 걱정은 크게 하지 않을 수 있다.

게다가 가난에 익숙한 탓도 있어 큰 문제가 될 것도 없었다.

하지만 아낀다는 것은 반대로 그만큼 돈에 대해 짜다는 의미도 된다.

돈이 굳는데 망설일 이유는 없잖은가.

쪽팔림은 단 한 번이면 된다는 생각이 무심결에 머릿속을 스쳐지나가는 태영이었다.

한참을 고민하던 태영은 결국 결정을 하였다.

"알겠습니다. 제가 나가기로 하지요, 사범님."

사범은 태영이 나가겠다는 소리에 대번 얼굴이 밝아졌다.

"고마우이. 자네가 나가준다고 하니 고민이 다 사라지는 기분이군그려."

"그런데 사범님 우리 원에서는 저만 나가는 것인가요?"

"우리 원민 그런 것이 아니라 다른 원에서도 한 명씩 나와서 시범을 하게 되었네. 사실 다른 원들도 이번에 하는 시범에 체면이 걸린 문제라 실력이 없는 사람을 내보낼 수는 없는 입장이니 말이여."

태영은 사범이 하는 이야기를 들으니 충분히 이해가 가는 일이었다.

시범에 원의 사람을 내보낸다는 것은 그 원에서 무예를 익힌 이의 대표를 내세우는 것과 별반 다르지 않다.

얼굴을 드러내는 자리에서 형편없는 모습을 보인다?

이것만큼 해당 원에 부끄러운 것도 없으리라.

만약에 여기에서 꼴찌를 계속한다면 실력이 형편없는 사범으로 소문이 나 실력이 없다는 소리를 듣게 될 것이고, 그리 되면 수련하는 사람들이 그만둘 수도 있었기 때문이다.

"시범에 나가면 무엇을 보여주어야 하는 겁니까?"

"그거는 가보면 알게 되네. 이번 시범은 총본산에서 주관하다 보니 그곳에 가야 뭔가 알 수 있을 듯하이."

태영은 사범의 말에 고개를 끄덕였다.

"언제까지 준비를 하면 됩니까?"

"다음 주에 가기로 했으니 월요일에는 준비를 하고 오게나."

"알겠습니다. 그렇게 알고 있겠습니다."

태영은 생각지도 못하게 시범을 하게 되었지만 그 정도는 충분히 할 수 있다고 생각했다.

힘도 남들보다 강한데 내기까지 가지고 있으니 사실상 이미 태영은 한 사람의 훌륭한 무인의 경지에 있었으니 말이다.

태영이 사범실을 나올 때 그런 태영을 보고 눈빛을 반짝이는 이가 있었으니 바로 사범의 딸인 미영이었다.

"오빠! 오늘도 시간이 없는 거예요?"

미영은 처음 태영을 만났을 때부터 지금까지 그가 원에 오면 상당한 관심을 보였다.

하지만 태영은 그런 미영의 호감에도 아랑곳 않고 특별히 이렇다 할 반응을 보이지 않았다.

그나마 자신이 나이가 많아서 오빠라는 생각에 말을 놓고는 있지만 그 이상은 미영이 다가오는 것을 막았다.

태영의 이러한 행동은 오히려 미영의 자존심을 건드렸고, 그 후로 미영은 무슨 수를 써서라도 태영을 꾀려고 마음먹게 만드는 계기가 되었다.

"나 다음 주에 시범을 나가야 하기 때문에 수련을 해야 하니 이해를 해주라."

미영은 태영의 말에 조금은 의외라는 눈빛으로 바라보며 되물었다.

"오빠가 실력이 상당하다는 것은 알지만 그래도 다른 사람들도 있는데 오빠가 나간다고? 오빠 들어온 지 그렇게까지 많은 시간이 지나지도 않았는데?"

미영은 태영이 상당한 실력을 가지고 있다는 것을 눈으로 보기만 했지 얼마나 강한지에 대해서는 아직 아는 바가 없었다.

"글쎄, 나도 나가고 싶지는 않지만 사범님이 나가라고 하니 어쩔 수 없이 나가야지, 어떻게 하겠어."

아버지가 나가라고 했다면 그만큼 실력이 된다는 이야기

였기 때문에 미영은 더욱 놀라고 있었다.

"오빠, 오늘 나하고 대련하자."

여태껏 미영은 원에 와서 대련을 벌인 일이 없었다.

자신의 실력을 굳이 드러내어 남자들이 자신을 멀리하는 일이 생기지 않게 하려는 의도에 따른 것이었다.

보호본능을 자극하는 여자를 더욱 선호하는 남자들의 특성을 고려한 판단이었다.

게다가 자존심이 강한 남자들의 특성을 떠올렸을 때 자신보다 강하다고 소문이 나면 원 내의 사람과 사귀는 것은 어렵지 않을까 우려한 탓이기도 했다.

하지만 태영의 말을 들은 지금 상황에선 호기심을 감출 수 없었다.

게다가 태영에 대한 자신의 의도를 전향하여 풀어내려는 의도기도 했다.

태영을 아무리 꾀려 해도 꾈 수 없는 지금, 태영 스스로 실력이 상당하다고 하니 차라리 선무도를 나누는 그런 관계에서 몸을 섞어가며 호감도를 높이겠다는 것.

나름대로 몸을 서로 주고받는 동안 스킨십이 되고, 거기에서 묘한 매력을 느끼게 되진 않을까 하는 계산에서였다.

반면, 태영은 갑자기 자신과 대련하자고 하는 미영을 보며 속으로 다른 생각을 하고 있었다.

‘흠, 나도 선무도를 배우기만 했지, 아직 대련을 해보지는 않았잖아? 미영이 어려서부터 배웠다고 하니 한번쯤은 나쁘지 않을 것 같아. 수련에 있어 실전이 최고라는 말이 있으니 이번에 좋은 기회를 얻은 셈 치지 뭐.’

태영은 이런 생각을 하며 이내 미영의 말에 고개를 끄덕이며 입을 열었다.

“좋아, 대신 나중에 다른 말 하기 없다?”

미영은 태영의 말에 내심 코웃음을 쳤다.

“흥, 오빠야말로 나중에 다른 소리 했단 봐라.”

“오케이, 그러면 바로 시작하자.”

그렇게 두 사람이 대련을 위해 잠시 준비를 하는 사이 사무실에서 둘의 대화를 슬쩍 들은 사범은 많은 관심을 보이며 사무실을 나와 두 사람에게 접근했다.

처음 원에 들어온 순간부터 높은 솜씨를 보였던 태영이지만 뭔가 자신의 실력을 숨기는 듯한 묘한 어색함을 느끼던 사범이었다.

그렇다 보니 이번 대련이 실제 그 실력을 파악할 수 있는 좋은 기회라 본 것이다.

해서 사범은 두 사람의 시합을 자기가 조율하겠다고 나섰고 단원들이 돌아가고 난 뒤 셋만 남았을 때 시합을 할 것을 권유했다.

‘과연 태영의 실력이 얼마나 되는지 이번에야말로 확실히 알 수가 있겠구먼. 미영이도 어려서부터 배운 선무도이니 태영이보다 약하지는 않을 테니 둘의 실력을 비교하면 되겠지.’

이후 약간의 시간이 흘러 선무원 안에는 단 세 사람만이 남았다.

그렇게 태성과 미영의 대련은 시작되었다.

미영은 처음부터 강하게 나서기로 마음의 결정을 내렸는지 초반부터 강세로 몰아붙이기 시작했다.

“챠앗!”

쉬이익!

미영은 첫 공세는 강한 발차기였다.

태영은 그런 미영의 발을 보며 가볍게 손으로 땅을 짚고 돌며 방어하곤 다리를 걸려 시도했다.

하지만 미영 또한 오랜 시간 선무도를 익힌 몸.

태영의 패턴을 가볍게 피해내며 상체를 움직여 손으로 역습에 나섰다.

태영도 대련이 처음이라 경험이 부족한 탓에 반응이 조금 늦었다.

하지만 그럼에도 불구하고 미영의 공격에 대해 그다지 위협을 느끼지 못했다.

태영의 신체 모든 감각은 미영을 한참 상회하는 것이기에 경험을 이겨내는 감각으로 이를 보충했다.

태영은 가볍게 상체를 물리면서 공격을 회피하였다.

미영은 자신의 공격을 가볍게 피하는 태영에게 약이 올랐다.

'칫! 제법인데? 근데 어떻게 된 남자가 어떻게 여자한테 이기려 드냐? 치사하게. 어디 한 번 당해봐라!'

미영은 그때부터 연이어 여섯 차례나 공격을 이어나갔다.

그러나 번번이 태영은 그 공격들은 가볍게 피해내는 게 아닌가.

바짝 독이 오른 미영은 그 순간부터 본격적으로 공격패턴을 바꾸어 태영을 노리기 시작했다.

타다닥! 팟팟!

미영의 바뀐 공격 성향은 앞선 공격에 비해 매우 예리하고 예측하기 어려운 무언가가 가미되어 있었다.

미영이 펼치는 이것은 일반적인 선무도에서는 배울 수 없는 일종의 비기의 일종이었다.

이를 배울 수 있는 것은 일정 수준 이상의 무위를 가지고 있는 선무도인 중 선별된 직계들만 배울 수 있는 것들이었다.

특히 미영의 아버지인 김 사범의 체득이 담긴 묘리라 할 수 있었다.

　계속 피해내는 태영에게 울컥한 나머지 이를 펼쳐내고 있는 것이었다.

　사범은 미영이 비기를 사용하자 상당히 놀란 얼굴을 하였지만 굳이 말리지는 않았다.

　'저놈이 사용하지 말라는 비기를 사용할 정도라면 태영의 실력이 미영이 상대하기에는 벅차다는 이야기인데 조금 더 지켜볼까.'

　사범은 태영이 선무도의 기본 동작들만 알고 있다는 사실을 알고 있기에 그의 대처가 궁금해졌다.

　만약 여기에 대해 기본 동작을 넘어서는 뭔가가 나온다면 태영의 실력을 가늠할 척도가 되리라는 판단에서였다.

　태영은 미영의 공격이 갑자기 이상해지자 정신을 집중하기 시작했다.

　아무리 비기를 사용한다고 해도 미영과 태영의 실력은 상당한 차이가 있었고 비기 또한 사람에 따라 달라지는 법.

　미영이 사용하는 비기는 처음에는 위협이 되었지만 결론적으로 태영에게 손해를 주지 못하고 있었다.

　아니, 오히려 비기 덕분에 태영에게는 더 많은 도움과 깨달음을 주는 결과를 낳았다.

　'이런 기술들 처음 봐!'

　태영은 미영이 사용하는 동작들을 보며 깜짝 놀라며 속으로 탄성을 내뱉었다.

　자신이 전혀 본 적 없는 선무도의 동작들.

　태영은 미영의 공격들을 피해내며 그 동작 하나하나를 깊이 관찰하고 외우려 노력하였다.

　그리고 태영의 감각은 이 모든 것들의 작은 부분 하나하나까지도 놓치지 않았다.

　미영은 그런 태영의 행동에 더욱 약이 올라 더욱 강하게 배운 모든 비기들을 끌어 올려 쓰기 시작했다.

　'이익! 죽어버려!'

　팡! 팡!

　계속 자신의 공격이 실패하자 단단히 독이 오른 미영은 자신도 모르는 사이에 살기를 일으키며 악만 남은 얼굴로 공격에 집착했다.

　발과 손, 그리고 금기되어 있는 팔꿈치까지 모두 동원하여 공세에 나선 것이다.

　그러나 태영은 이 모든 것들은 잘 방어해 나가고 있었다.

　심지어 가볍게 팔을 휘둘러 미영의 공격을 흘려내기까지 했다.

　가장 기본적이고 간단한 방법으로 비기들을 흘려낸다.

　이는 곧 태영 자신이 알지 못하는 사이에 태영의 실력이 미영을 넘어서는 수준에까지 달해 있음을 뜻했다.

단지 기본적인 선무도 동작만으로도!

사범은 미영이 비기를 사용하는 것을 보며 호기심을 보였지만 이후 태영이 이를 모두 막아내는 것을 보며 경악을 금치 못했다.

'아니, 대체 저게 뭣이여? 선무도의 기본 동작만으로 저리도 할 수 있는 거구만?

비기들을 사용하는 사람의 실력에 따라 달라지는 것은 사범도 알고 있었다.

분명 미영의 공격은 다양하고 심화된 기술들을 쏟아내고 있기에 높은 공력이라 인정할 만했다.

그러나 태영의 실력은 그보다 더 높은 차원에 있었다.

기술은 분명히 가장 기본적이고 단순한 것들이나 그 깊이가 달랐다.

선무도의 기본 동작들 속에 있는 본질을 명확하게 파악한 채 태영이 쓰고 있음이 분명했다.

저 정도의 실력이라면 김 사범 자신과 비교해도 그리 부족하지 않은 정도의 깊이.

단순하고 초보적인 것들이나 그 안의 깊이는 결코 하수가 아님을 김 사범은 여실히 느끼며 새로운 깨달음을 느끼고 있는 것이었다.

태영의 동세를 통해 말이다.

"헉! 헉, 그… 렇게 막고만 있을 거예요?"

미영은 태영이 공격을 하지 않는다는 것을 알고는 더욱 열이 올라 쏘아붙이듯 말했다.

"그만하자. 너도 숨이 많이 차 있는 것 같은데 오늘은 여기까지만 하자."

태영은 숨이 차지 않는지 대련 전과 다름없는 목소리로 그만하자고 하였다.

반면 미영은 거센 공격과 모든 공세를 펴부은 탓에 숨이 턱까지 차올라 말하는 것조차 힘겨워 보였다.

그렇다 보니 같이 싸워놓고 멀쩡한 태영이 더 얄밉게만 느껴졌다.

그 외에도 사실 태영에게 미영은 불만이 많았다.

다른 남자들은 자신을 공주님 받들 듯하며 미모를 칭찬하고 애정을 가지고 다가서는데, 자신이 먼저 접근해도 꿈쩍도 않는 바보 멍청이 망부석 태영!

미영에게 이는 정말 굴욕 중 굴욕이었다.

'일부러라도 좀 져주는 척해주면 덧나?!'

하지만 미영의 생각과는 다르게 현실은 냉정했다.

더 이상 대련을 했다가는 상당한 망신을 당할 것을 미영도 모르지는 않았기 때문이다.

"흥! 두고 봐요. 나중에 반드시 승부를 보고 말 거예요."

미영은 화가 나서 그렇게 말을 하고는 나가버렸다.

태영은 그런 미영을 보며 어리둥절한 표정을 지은 채 멀뚱 거렸다.

다만 사범만이 그런 딸과 태영을 보며 속으로 한숨만 쉬었을 뿐이다.

'어휴, 실력하고 대조되게 완전 쑥맥이구먼. 어찌 여자를 저렇게 모를까.'

사범은 자신의 딸인 미영이 전부터 태영에게 관심이 많다는 것을 알고 있었지만 그냥 보고만 있었다.

태영의 태도로 보아 미영에게 관심이 없어 보여서였다.

그런데 오늘 보니 딸의 관심이 상당하다는 것을 알게 되었지만 문제는 그런 당사자가 전혀 모르고 있는 영문도 모르니 한숨이 나올 수밖에.

태영의 실력이 상당하다는 것이 놀랍기도 했지만 그보다는 딸의 문제가 더 사범의 마음을 답답하게 만들었기 때문이다.

김 사범에게는 하나뿐인 금지옥엽 딸이었으니까.

"뭐야? 왜 저러는 건데?"

태영은 미영이 자신을 좋아한다고는 생각지도 못하고 있었기에 미영이 갑자기 저러는 것이 이상하게만 느껴졌다.

무언가 자신에게 화가 난 것은 알겠는데 그 이유를 모르니 가지는 의문이었다.

부모님을 빼고는 사랑이라는 감정을 나눌 사람이 없었던 태영이었기에 어쩔 수 없는 일이었다.

몸이 불편하고, 성격도 소극적이어서 친구 하나 사귀지 못한 채 은둔자로 살아온 태영이니 이는 당연지사.

"태영아, 잠시 나 좀 보자."

사범이 부르는 소리에 태영은 망각하고 있던 사범의 존재를 깨닫고 반응했다.

"예, 사범님."

태영이 대답과 함께 사범이 있는 사무실로 갔다.

사범은 사무실로 들어서는 태영을 보며 아주 복잡한 표정을 짓고 있었다.

이미 미영이 비기들을 보여주었기 때문이다.

"거기 앉아라. 할 말이 있으니 말이다."

"예."

태영이 자리에 앉자 사범은 다시 입을 열었다.

"오늘 미영과 대련을 하면서 이상한 동작들을 보았지?"

"예, 저도 모르는 공격들이었습니다."

"그래, 미영이 오늘 보여준 것들은 선무도에서 선택받은 이들만 익히는 비기들 중 일부이다. 하지만 비기는 아무나 알려주는 것이 아니라 너에게 알려주지 못했구먼."

사범의 말을 들은 태영은 충분히 그의 반응이 이해가 갔다.

자고로 비기라는 것은 제자들 중에서 선택받은 이들만 익힐 수 있게 되는 법.

"알고 있습니다, 사범님."

태영은 비기라고 하지만 솔직히 이제는 모두 기억에 저장이 되어 있기 때문에 조금만 노력하면 자신도 펼칠 수 있는 상황이었지만 내색하지 않았다.

사범은 태영이 담담하게 그렇게 대답하니 솔직히 약간 미안한 생각이 들었다.

더군다나 태영의 눈빛은 욕심에 물든 그것이 아니라 맑고 투명한, 평상심으로 가득한 것이었다.

"나도 비기를 외부의 제자에게 알려주려면 허락을 받아야 하기 때문이니 이해를 해주었으면 하는구나."

"사범님 저는 상관이 없으니 걱정하지 마세요."

태영은 진심으로 비기를 배우지 못해도 상관이 없다는 표정을 지으며 대답했다.

사범은 그런 태영의 눈빛을 보며 지금은 그의 진심을 느낄 수 있었다.

자신도 비기를 배우기는 했지만 그것은 선무도 비기 중 극히 일부를 사사받은 것뿐.

선택받았다 해도 한 제자에게 모든 것을 알려주지는 않았기 때문이다.

"나중에 내가 본산에 너에게도 비기를 알려줄 수 있게 해달라는 청을 넣어볼 테니 기다려 봐라."

김철영 사범이 해줄 수 있는 것은 여기까지였다.

"감사합니다, 사범님."

태영은 감사의 인사를 하였다.

김 사범은 그런 태영을 보며 안타까운 표정을 지었다.

저 정도의 남자면 미영와도 잘 어울린다는 생각이 들어서였다.

고아가 되었다곤 해도 여자가 모셔야 할 사람이 없다는 것으로 받아들이면 되었고, 선무도를 위해 전념하는 모습도 마음에 들었다.

게다가 아직 젊기에 색시가 생기면 스스로 먹여 살릴 만한 가능성이 분명히 보이는 청년이니 탐이 날 수밖에!

이런 독특한 사고방식을 가진 김 사범이지만 그저 지금의 태영을 한숨만 나왔다.

하지만 자신이 나서서 딸과의 인연을 만들어준다고 해서 될 일도 아니니 이렇게 안타까운 시선으로 태영을 볼 뿐이었다.

'사범님이 나에게 비기를 알려주지 못해 저러시니 조금은

미안해지네.'

태영은 미영와의 문제 때문이라고는 상상도 하지 못한 채 이렇게 오해하고 있었지만 말이다.

앞서 언급했듯, 사실 비기라고 하는 것들에 대해서 태영은 이미 모두 기억을 하고 있었다.

다만 배우지도 않은 비기를 바로 사용하면 오해를 받을 수 있을 것 같아 이것들을 통하여 태영만의 새로운 비기를 만들 계획을 생각하고 있었다.

더군다나 자신의 몸이라면 남들이 생각지도 못하는 방향으로 충분히 더욱 강한 기술을 창안할 수 있을 듯한 자신감이 있었다.

가장 중요한 것은 남들이 보기에도 선무도의 비기라는 것을 알아차리지 못할 태영만의 새로운 무공을 창출할 수 있으리란 자신감!

'집에 가면 비기에 대한 고민을 본격적으로 해서 새롭게 만들어 보자.'

태영은 비기를 보고 이제야 개안을 한 기분이었다.

태영은 선무도의 동작들을 보면서 많은 고민을 한 바 있지만, 비기들을 보고 나니 기본적인 동작들 사이에 숨어 있는 진정한 힘의 일부를 엿볼 수 있었다.

그것은 선무도가 가지고 있는 진정한 위력이라 할 수 있으리라.

일격필살의 의지가 담겨 있는 비기는 충분히 자제를 해야할 만큼 대단한 수법이었다.

태영이야 애당초 새롭게 태어나면서 초인적인 능력을 지니게 되어 비기의 움직임을 차단할 수 있었지만 일반인, 아니 무인이라 하더라도 그 공격을 방어해 내는 것은 결코 쉬운 일이 아님이 분명했다.

그 정도로 선무도가 가진 비기의 가치와 위력은 빛이 났다.

그리고 앞으로 태영이 풀어야 할 과제가 될 것은 물론이고 말이다.

*　　　*　　　*

태영이 비기를 연구하며 보내는 동안 시간은 흘러 시범을 위해 선무도협회의 본사이 있는 경주로 떠날 시간이 되었다.

당일 아침, 단전호흡을 하며 자신의 몸상태를 관조하고 있던 태영의 휴대폰이 요란하게 몸을 떨었다.

드드드—

"여보세요."

"태영아, 이제 가야 하는데 준비는 했냐?"

김 사범이었다.

“예, 어디로 갈까요?”

―지금 당장 원으로 와. 바로 출발을 해야 하니 말이지.

“알겠습니다, 사범님.”

태영은 김 사범의 전화를 받고는 바로 작은 가방을 들고 집을 나섰다.

태영이 선무원 앞에 도착했을 무렵, 이미 원의 입구에 차를 댄 채 자신을 기다리고 있는 김 사범을 볼 수가 있었다.

김 사범은 자신이 직접 시범을 펼치거나 행사에 참여하지는 않지만 태영을 데려다 주고 총본에 인사도 드릴 생각을 하고 있었다.

“어서 오너라. 차에 타라.”

“예, 사범님.”

그렇게 두 사람은 선무도의 총본산이라 할 수 있는 경주를 향해 거리를 나섰다.

이번 시범은 전국 각지에 펼쳐져 있는 선무도 원장을 운영하고 있는 원장들이 자신들의 원에서 가장 실력이 좋은 이들을 보내 그들만을 모아 시범 행사를 벌이는 일이었다.

평소라면 선무도 원장들이 직접 행사를 뛰는 경우도 있고, 그들이 함께 참여하는 경우가 대부분이었다.

하지만 특이하게도 그 제자들만을 데려다 행사를 벌이도록 잡혀 있었다.

태영도 그런 사람들 중에 한 명이었고 말이다.

차를 타고 고속도로를 달리는 동안 태영은 설레는 마음으로 창 밖을 바라보고 있었다.

예전에는 상상만 하던 무술을 배우고 깨닫고 있다는 것만 해도 꿈속을 살고 있는 기분인데, 그 무술의 후인으로 타인 앞에서 자신의 솜씨를 선보인다고 하니 설레는 마음이 멈추지 않았다.

더군다나 선무도의 총본부에는 아직까지 한 번도 태영이 가보지 못한 곳.

거기에 더불어 이번에 그곳에 가면 뭔가 새로운 것이 자신을 기다리고 있을 듯한 기대감에 사로 잡힌 것이다.

게다가 시범단의 인원들도 합숙을 한다곤 하지만 함께 행사를 위해 손발을 맞추는 시간을 제외하면 저녁에는 온전히 자유시간이기에 그리 부담이 가지도 않았다.

아침 이른 시간에 출발한 태영 등은 약 네 시간 반 정도의 시간을 소모하여 경주에 있는 선무도 협회 총본이 있는 골굴사에 다다를 수 있었다.

총본의 입구는 먼저 도착한 인원들이 저마다 차에서 내려 삼삼오오 모여 있었다.

태영 등이 차에서 내렸을 때 그들을 향해 한 사람이 다가와 반갑게 인사를 건넸다.

"아니, 김 사범도 오셨군요."

"아, 황 사범님 오랜만입니다."

"그렇지요?"

김 사범과 친분이 있는 황 사범이었다.

반가운 인사를 본 김 사범은 맑은 웃음을 지으며 서로 인사를 나누었다.

태영도 본의 아니게 이 흐름에 합류하여 낯선 이들과 교류를 하게 되었다.

그러면서 연락처를 주고받다 보니 어느덧 자신도 모르는 사이에 처음 만나 맺은 인연들이 생겨나게 되었다.

간단하게 상호 인사를 마친 김 사범은 태영을 데리고 자신들이 머물 숙소로 이동을 했다.

숙소에 도착하자 김 사범은 바쁜 일이 있는지 태영을 보며 간단하게 조심해야 할 것과 몇 가지 당부를 전해주었다.

"내일까지는 쉬고 모레부터 연습을 시작할 거라는구먼. 너무 멀리 가지는 말고 근처만 구경하고. 스님들이 많이 계시는 곳이니 경거망동 말고."

"예, 사범님."

김 사범의 당부에 태영은 차분히 이렇게 답을 하고 주위를 둘러보았다.

산사를 둘러싸고 있는 푸르른 산과 맑은 공기가 폐를 가득 채우는 것이 온몸이 상쾌해지는 기분이 들었다.

서울과는 차원이 다른 공기에 몸속에서 활력이 솟아나는 것만 같았다.

또한 숙소 뒤의 산에서 불어오는 바람과 경치가 단전호흡을 하기에 최적의 장소로 보여 태영은 자신도 모르게 슬며시 웃음을 지었다.

기분 좋은 시간들이 될 것만 같은 예감이 가슴속을 채워왔다.

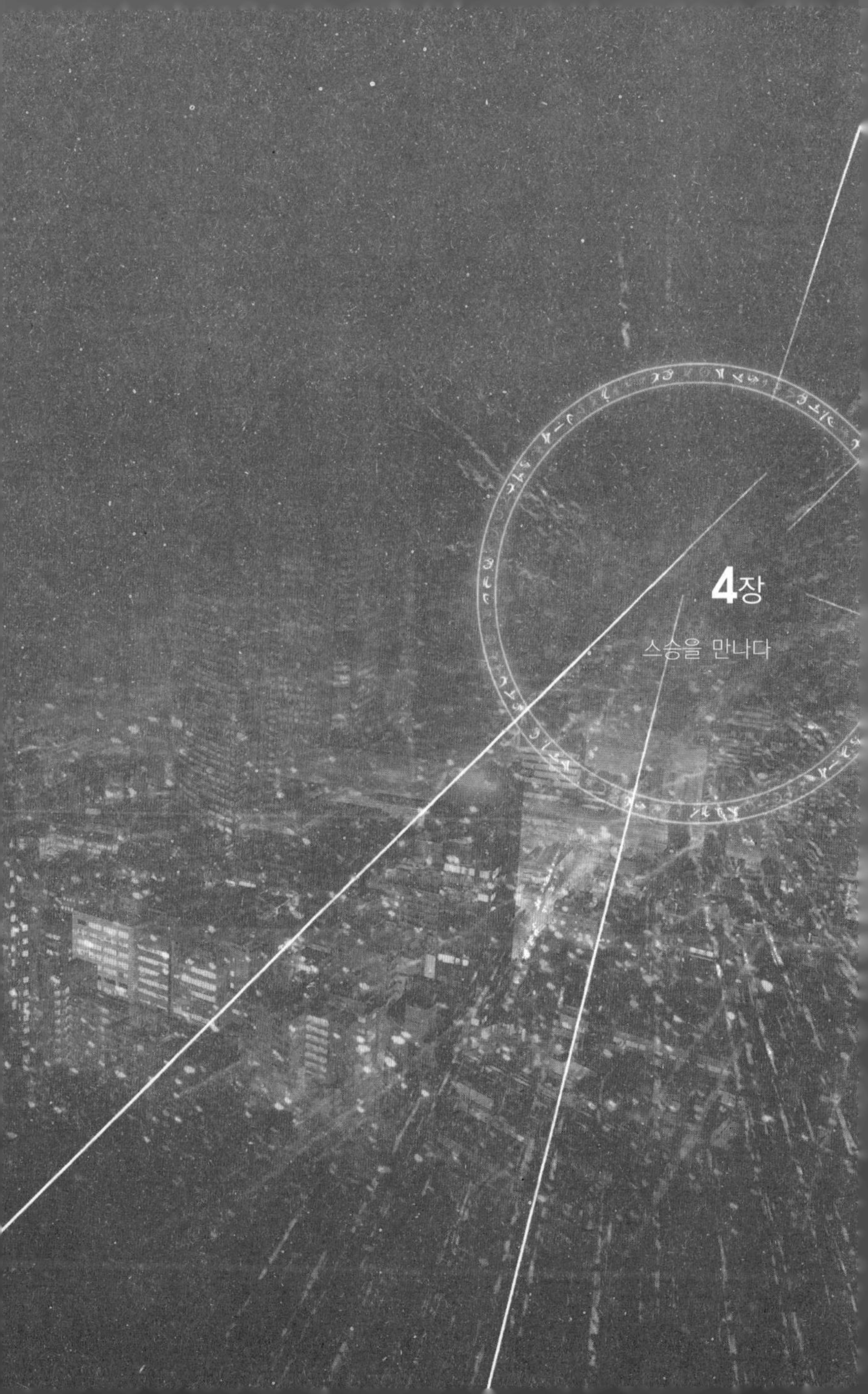

4장
스승을 만나다

　숙소로 돌아와 짐을 푼 태영은 간단하게 옷을 갈아입고는 바로 숙소 뒤 산을 올랐다.

　내일까지는 자유 시간이기도 하고 지난 대련 이후 계속해서 머릿속에 담고 있는 무리들을 복습하고도 싶었다.

　무엇보다 온몸을 개운하게 만들어줄 단전호흡에 심취할 생각 또한 빠지지 않았다.

　숙소에서 어느 정도 산을 올라가고 나니 사람이 접근하기 어려워 보이는 외진 장소를 발견할 수 있었다.

　나무 틈 사이로 햇살이 차분히 스며들면서 다른 이들의 이

목을 신경 쓸 일이 없어 보이는 것이 태영에겐 최적의 장소였
다.

"오, 저기라면 남의 시선을 걱정하지 않아도 되겠는데? 아
주 마음에 들어."

무엇보다 그 자리에 도착했을 때 태영은 자신의 안에서 꿈
틀거리는 푸른 빛과 비슷한 기운이 그곳에 흐르는 것을 희미
하게나마 느낀 것도 한 이유였다.

태영은 그 은밀한 장소에 자리를 잡고는 이내 평온한 마음
으로 단전호흡을 준비했다.

가부좌를 틀고 눈을 감자 상쾌한 바람과 함께 자신의 내면
깊숙한 곳으로 태영은 빠져들었다.

그야말로 이곳은 타인의 시선도, 외부의 어떤 접촉으로부
터 안전하게 호흡에 빠져들 수 있는 곳이라 느껴졌다.

그러나 태영은 몰랐다, 그를 지켜보고 있는 누군가의 눈길
이 그곳에 있다는 사실을.

태영을 지켜보고 있는 사람은 눈으로 보아도 제법 나이가
들어 보이는 노승이었다.

그의 눈빛에는 무언가 현묘한 느낌이 내려앉아 있어 깊은
이채가 눈동자 안에 존재했다.

노승은 자신보다 먼저 찾아와 자리를 차지하고 있는 낯선
시주, 태영을 보고는 흥미로운 눈빛을 보냈다.

‘호오, 저 시주놈은 대체 누구인데 저곳에서 운기를 하시나?’

노승이 찾은 그곳은 그야말로 기혈이라 불러도 손색이 없을 만큼 대지의 기가 풍부한 명당이라 할 수 있었다.

무인에게 자연의 기운을 불어넣는 그곳에서 자신의 기운을 운용하면 자연은 거기에 화답하여 더 큰 생명력을 주는, 그야말로 운공을 하는 무예인이라면 탐을 낼 그런 장소인 것이다.

얼마 안 있어 벌어질 행사로 인하여 노승이 평소보다 조금 늦은 시간에 도착했는데 낯선 사람이 자신이 항상 앉는 자리를 차지하고 있는 꼴을 보니 그저 신기할 따름이었다.

그리고 늙은 중은 태영의 고르게 흐르는 숨결을 보며 자신도 모르게 눈을 반짝 빛내고 있었다.

‘운기를 하고 있구먼. 하지만 아직 우리 선기공에 대해서는 모르는 모양이구나. 아무래도 우리 제자놈 중 하나 같으이.’

늙은 중이 보기에 태영이 선기공을 하는 것이 아니라는 사실은 금방 알 수가 있었다.

단전호흡과 선기공은 비슷해 보이지만 엄연한 차이를 가지고 있었다.

그리고 그것은 기를 느끼는 사람이 아니라면 결코 알아차리지 못할 것인데, 노승은 바로 이 기감이 발달한 사람 중 하나였다.

즉, 그는 기를 제법 많이 다루는 무인이란 의미였다.

중은 태영이 하고 있는 단전호흡을 보며 신기한 놈을 발견하였다는 눈빛으로 그저 묵묵히 지켜볼 뿐이었다.

시간이 흘러 어느덧 저녁이 되었지만 태영은 아직도 단전호흡을 하고 있었다.

태영의 주변을 감싸고 있는 자연의 기운은 단전호흡을 하는 태영의 숨결을 따라 그의 몸으로 스며들고 있었다.

그런 태영을 감싸고 있는 것은 다름 아닌 푸른 빛.

그러나 이는 태영의 기준으로 봤을 때의 이야기이고, 기감에 예민한 노승의 눈에도 이 빛은 전혀 보이지 않는 대상일 뿐이었다.

그저 노승이 보기엔 기이할 정도로 태영의 몸속으로 자연의 기운이 스며들고 있다는 것뿐.

이 모든 것은 사실 푸른 빛이 그 원인이었다.

푸른 빛은 더욱 강한 힘을 끌어들이기 위하여 태영의 호흡에 보조를 맞추어 자연의 기운을 몸속으로 끌어들이고 있었다.

서울에 있을 때는 맑은 기운이 많지 않아 흡수하는 양이 매우 적었지만, 이곳의 기운은 푸른 빛과 거의 동일한 기운이라 판단한 듯했다.

그저 이를 깨닫는 것은 태영뿐, 노승은 그저 이질적인 현상에 기이함을 느끼며 바라보는 것이 그가 할 수 있는 일의 전부였다.

'도대체 저 시주놈의 정체가 무엇인데 저렇게 운기를 길게 하는 것이누.'

늙은 중은 아직 나이도 젊어 보이는 사내가 오랜 시간을 공들여 수련하는 것을 보니 아주 마음에 들었다.

그는 골굴사에서 선무도를 익히는 노승 중 하나였던 것이다.

아직까지 제자도 키우지 않고 지내고 있었을 뿐더러, 자신이 만난 놈들은 대부분 운기에 대해 부정적인 생각을 가지고 있어서 제자를 받아들이지 않아왔다.

그런데 오늘 자신이 바라던 그런 청년을 만난 것이다, 지신이 언제나 운기를 하는 바로 그 장소에서!

'기연이로세, 인연이로세.'

단전호흡을 하든 선기공을 하든 운기를 하며 자신을 다스릴 줄 아는 이라면 무인으로서 큰 가능성을 가지고 있다는 게 노승이 가진 생각이었다.

게다가 태영의 주변으로 흐르는 기세가 정순한 것으로 보아 정신도 제대로 박힌 녀석일 거라 판단한 노승은 그를 조사하기로 마음먹고 조용히 그 자리에서 사라졌다.

노승, 그는 바로 선무도의 직계 전승제자의 하나로 총본에서 대단히 중요한 위치를 가진 사람이었다.

태영은 누군가가 자신을 조사하고 있다는 사실을 모른 채 열심히 단전호흡에만 열중하고 있었다.

산속에서 운기하면서 자신의 몸속으로 스며드는 기운의 양이 보통이 아니었다.

그러나 그 기운이라는 것이 서울에서 느끼던 것과는 차원이 다를 정도로 맑고 깨끗하여 온몸의 탁기가 빠져나가는 듯한 기분마저 들어 놀람의 연속이었다.

'어떻게 이렇게 많은 양의 기운들이 들어오는 거지?

태영은 자연의 기운이 자신의 몸속으로 흡수가 되는 이유를 알지 못해 걱정하며 이런 생각을 했다.

흔히 이야기하는 과유불급이라는 단어가 머릿속에 스며든 탓이었다.

운기를 하다 잘못되면 주화입마에 당하게 된다는 무협지 속의 이야기가 뱅뱅 돌았다.

'이거 이러다가 다시 병신이 되는 것이 아니겠지? 제발.'

태영은 마음속은 걱정이 한가득이었지만 본능적으로 지금 운기를 멈출 수 없다는 사실을 느끼고 있었다.

　그렇기에 그가 할 수 있는 것은 운기를 그만두어도 된다는 확신이 들 때까지 계속해서 운기하고 또 운기하는 수밖에 도리가 없었다.

　사실 이는 태영에게 전혀 해가 되지 않을 것이었다.

　이는 모두 푸른 빛이 원인이었다.

　푸른 빛은 자신의 힘을 키워나가는 데 이를 사용하고 있기에 태영에게는 전혀 해를 입힐 생각을 하지 않았다.

　단지 그동안 태영이 운기를 하면서 새로운 기운을 보충을 해주지 않아 많이 약이 올라 있는 상태이기는 했다.

　마치 생각을 하는 영물처럼 푸른 빛은 자신에게 필요한 기운을 흡수하고 있는 것이었다.

　어느 정도의 시간이 지나자 푸른 빛도 더 이상의 기운을 받아들이지 않았고 그제야 태영은 자신이 행하던 운기를 마칠 수 있게 되었다.

　운기를 끝냄과 동시에 태영의 입에서 크게 한숨이 팍 터져 나왔다.

　"휴우, 정말 죽는 줄 알았네. 대체 나한테 무슨 일들이 벌어지는 거지?"

　태영은 자신의 몸에 일어나는 일들에 대해 고민을 하게 되었지만 태영이 기라 여기는 푸른 빛이 가진 전혀 알지 못하기에 이는 해결될 수 없는 난제가 될 뿐이었다.

애당초 푸른 빛이 태영의 몸속으로 들어오게 된 이유 자체
가 정리되지 않으니 근본적으로 모든 것이 해결되지 않는 것
이었다.

태영은 깜깜해진 주변을 바라보며 가볍게 얼굴을 손으로
쓸고는 핸드폰을 꺼내어 시간을 보았다.

AM2:03

"헉! 너무 늦었잖아! 빨리 내려가야겠어. 사범님께서 걱정
하고 계실 텐데."

태영은 지금 시간이 벌써 새벽 두시라는 사실에 놀라 서둘
러 숙소를 향해 내려가기 시작했다.

단전호흡을 마친 직후 때문인지, 아니면 푸른 빛에 의해 더
욱 발달한 신체 때문인지 태영의 눈에 산속을 가득 메운 어둠
은 진혀 그에게 불편을 주시 못했다.

태영이 빠르게 숙소에 도착하니 김 사범이 먼저 자고 있는
것을 볼 수가 있었다.

태영이 밖으로 나간 지 한참이 지났음에도 불구하고 김
사범은 걱정도 되지 않는지 태평하게 잠을 자고 있던 것이
다.

원래 총본에 오면 구경을 하기 위해 시간이 가는지도 모르

고 다닌다는 사실을 체험을 통해 이미 알고 있기에 그러했
다.

그렇다 보니 태영이 없어도 걱정하지 않고 잠을 잘 수가 있
었다.

태영은 김 사범이 자고 있는 옆에 조용히 누워 잠을 청했
다.

*　　　*　　　*

총본의 아침은 새벽 네 시 스님들의 예불시간을 시작으로
모든 것이 시작된다.

그리고 손님으로 온 이들의 경우에는 새벽 다섯 시의 운동
을 시작으로 여섯 시 아침 식사를 하게 된다.

새벽 일찍 잠에서 깬 김 사범은 옆에 잠들어 있는 태영을
보고는 입가에 미소를 지었다.

"그만 일어나서 씻자. 여기는 식사 시간이 지나면 밥을 주
지 않으니 말이지."

태영은 김 사범의 말에 눈을 뜨고는 빠르게 몸을 일으켰다.

"사범님 잘 주무셨어요?"

"그래, 어제 구경 잘했는가?"

"예, 사범님."

김 사범과 태영이 식사를 하기 위해 움직이고 있을 때 총본의 한 사무실에서는 어제의 늙은 중과 다른 중이 만나 이야기를 나누고 있었다.

"그러니까, 이번 시범에 온 청년을 제자로 만들고 싶다는 말씀이십니까?"

"그렇다고 했잖아. 그러니 그 시주놈이 누구인지를 먼저 확인을 해야겠다."

"사숙이 원하시니 제자를 들이기는 하겠지만 이미 남의 제자가 되어 있는 청년이라면 곤란합니다."

"어허, 네놈이 감히 나의 일을 방해하려는 것이냐? 참, 많이 컸구나."

노인의 몸에서 갑자기 엄청난 기파가 쏟아졌다.

늙은 중의 몸에서 나오는 기파에 상대 중은 순간 눈에 띄게 움찔했다.

하지만 자주 당하는 일이라 그런지 금방 몸을 추슬렀다.

"사숙 아무리 어거지를 써도 이 문제는 저도 도움을 줄 수가 없습니다. 남의 제자를 강탈하려는 짓을 총본에서 그냥 넘어가면 누가 오려고 하겠습니까."

하기는 제자를 강제로 빼앗으려고 하면 총본에 오고 싶어 할 사람이 있을 리 없다.

늙은 중도 그 말에는 더 이상 떼를 쓰지 못하고 그저 끙하고 앓을 뿐이었다.

아무리 마음에 들어도 남의 제자를 강제로 빼앗을 수는 없는 일이었다.

늙은 중은 잠시 고민을 하는 얼굴이 되었다가 문득 떠오르는 기발한 생각이 있어 입가에 묘한 미소를 지었다.

"그러면 제자를 삼지 않고 가르침만 주겠다고 하면 어찌하겠느냐."

"예, 가르침을 준다고요?"

늙은 중의 앞에 있는 중은 총본의 원로를 맡고 있는 중이었는데 원로 중에서도 가장 권세가 좋은 대원로였다.

제자로 삼는 것을 반대한다면 그저 가르침만 주겠다고 하니 자신도 더 이상 말릴 명분은 사라졌다.

하지만 문제는 눈앞에 있는 늙은 중이 알고 있는 것들이 쉽게 가르쳐 줄 수 없는 것이라는 데 문제가 존재했다.

노승이 가지고 있는 것들의 핵심은 바로 선무도의 비기였던 것이다.

전승자인 늙은 중이 알고 있는 비기들은 원로인 자신도 모르는 것들이 너무도 많았다.

그런 비기들을 제자도 아닌 자에게 알려주겠다는 자신의 사숙은 말하고 있었다.

이는 사실상 모종의 압력이자 협박인 셈이다.

"휴우, 사숙 솔직히 말씀을 해주세요. 도대체 왜 그러시는 겁니까?"

"왜 그러기는 싱겁긴. 마음에 드는 놈을 만났으니 그러지."

"그럼, 그 마음에 드는 놈이 누구입니까?"

"예끼! 내가 그걸 알면 널 찾아왔겠어? 나도 모르니 찾아온 것이 아니냐?! 어서 그놈이 어디의 누구인지를 확인해 줘!"

대원로는 늙은 중의 떼에 미치고 팔짝 뛸 노릇이었다.

자신은 얼굴도 모르는 놈이 어디의 누구인지를 어떻게 확인을 해달라니…….

알아야 뭘 해도 하지 않겠냔 말이다.

"사숙, 솔직하게 말씀해 주십시오. 정말 저를 괴롭히기 위해 오신 거 아닙니까? 얼굴도 모르는 놈이 누구인지를 제가 어떻게 알아내냐는 겁니다."

대원로의 대답에 늙은 중의 얼굴은 곤란한 표정을 하였다.

"하기는 얼굴도 모르니 그럴 수도 있겠구나. 흠… 그러면 나와 함께 가서 놈을 보도록 하자."

결국 늙은 중이 이렇게 결론을 내렸다.

대원로를 데리고 직접 돌아다니며 얼굴을 확인하겠다는

것이다.

　더 이상 그를 말릴 자신이 없어진 대원로는 결국 노승의 손에 붙들려 이리저리 휩쓸려 다니게 되었으니 그저 불쌍할 따름이다.

　늙은 중이 대원로를 끌고 태영이 단전호흡을 하던 장소로 이동했을 무렵, 그 시각 태영은 김 사범과 아침을 먹고 있었다.

　"사범님, 음식이 정갈하니 제법 맛있네요."

　"나도 가끔 오면서 느끼는 것이지만 여기서 식사를 하면 이상하게 맛이 좋다는 느낌을 받거든."

　"그래요? 하긴, 한편으로는 그럴 만도 할 것 같네요. 공기 좋고, 물 좋으니 말이죠."

　반찬이라고는 나물밖에 없는 식사였지만 그 맛이 참으로 오묘한 것이 누구라도 맛나게 먹을 수 있을 것 같다 여기며 태영은 자신의 앞에 놓인 사찰음식을 맛있게 먹었다.

　그러면서 또 한편으론 나물을 씹을 때마다 느껴지는 생명력에 감탄하기까지 했다.

　오염이 없는 청정한 곳에서 갓 캐낸 나물의 맛은 태영을 사로잡는 생명력이 존재했다.

　'산에 와서 식사를 하는 것이라 그런가?

산이라 다른 곳의 나물과 달라서 그런지는 정확하게 모르겠지만 확실히 도시의 그것과는 차원이 다른 맛이었음을 인정하지 않을 수 없었다.

이후 두 사람은 맛나게 식사를 마치곤 다시 숙소로 돌아갔다.

태영은 숙소로 이동하는 와중에 다시 단전호흡을 하기 위해 산으로 올라가려 김 사범에게 말을 건넸다.

"저기 사범님, 오늘까지 휴식을 하기로 되어 있으니 저는 따로 움직였으면 합니다."

김 사범은 태영이 아직 구경을 하지 못한 곳이 있다고 생각했는지 흔쾌히 수락을 해주었다.

"그렇게 해. 하지만 너무 늦게까지는 있지 말고. 내일은 식사를 하고 바로 집합을 하는 것으로 알고 있으니 말이여."

"그 부분에 대해서는 걱정을 하지 마세요. 시간 늦지 않게 오겠습니다."

"그래, 알았으니 그만 가보시게."

김 사범의 허락을 받은 태영은 그대로 곧장 산을 올랐다.

숙소의 뒤로 올라가는 길만 있는 것이 아니었기에 김 사범이 모르게 산으로 올랐다.

태영은 어제 하던 장소에 도착하자 크게 숨을 내쉬었다.

"흐음, 좋아, 좋네. 이렇게 좋은 곳에서 수련을 계속하면 빠른 효과를 볼 텐데 말이야."

태영은 그렇게 말을 하고는 다시 단전호흡을 준비하기 시작하였다.

하지만 그런 태영을 이미 지켜보며 기다리고 있는 눈들이 있었으니 바로 노승과 대원로가 그들이었다.

"사숙, 저기 보이는 친구입니까?"

"그래, 저 시주놈이다. 하는 것을 보면 제법 재능이 있어."

노승의 말에 대원로는 눈에 이채를 띠며 태영을 바라보았다.

자신의 눈앞에 보이는 태영은 차분히 자리에 앉아 호흡을 하고 있었는데 그 주변의 기가 그 호흡에 따라 태영에게 흡수되는 것을 보고 선기공을 익히고 있나 여겨 입을 열었다.

"선기공을 익히고 있군요. 게다가 저 나이에 저 정도면 대단한데 말이죠, 사숙."

"선기공? 하! 아냐. 저거… 평범한 단전호흡이다."

"네?! 거짓말!"

"어따 대고 반말질이여? 죽을라고."

늙은 중의 말에 대원로는 정신이 번쩍 든다는 표정으로 태영을 바라보았다.

요즘은 선무도를 익히고 있는 젊은 층 안에서도 선기공, 심지어 단전호흡마저도 제대로 익히고 있는 사람이 드물었다.

그런 상황에 단전호흡만으로 자연의 기를 흡수할 수 있을 만큼의 단전호흡이라니.

만약 눈앞의 사내가 선기공을 익히게 된다면 어떤 일이 벌어질까 상상하던 대원로는 매우 기대어린 눈빛으로 태영을 바라보았다.

사숙이 탐을 내는 것도 이해가 되는 순간이었다.

선기공을 익힌다는 것이 비록 뜬구름을 잡는 것처럼 어려운 일이기는 해도 익히고 나면 그것이 얼마나 대단하고 중요한 역할을 하는지 알게 된다.

자신 또한 이를 익히고 있기에 이 점을 잘 알고 있다.

"사숙이 탐내는 게 이해가 됩니다. 저 친구가 만약 본격적으로 선기공을 이해하고 익힌다면⋯⋯. 햐아, 정말 대단한 인재이기는 하군요."

"잔소리 말고 저 친구가 어디서 왔는지를 먼저 조사를 해봐."

"알겠습니다. 저기 밑에 있는 숙소에서 온 것을 보니 금방 찾을 수 있을 겁니다."

이제 대원로는 자신의 사숙이 그렇게 안달이 난 이유를 몹시도 확실하게 인지할 수 있었다.

저런 인재가 사숙의 제자가 된다면 선무도는 더 높은 곳을 향해 발전할 가능성을 가지게 되리란 확신이 그의 가슴속에 또렷이 자리잡기 시작했다.

고작 평범한 단전호흡 하나로 선기공을 오랜 세월 익혀온 사람처럼 기를 다스리고 있었다.

오랜 세월 나타나지 않던 천재의 등장이 아니고 뭐겠는가!

그런 젊은이를 만났으니 사숙이 미칠 만도 했다.

무엇보다…….

'드디어 우리 선무도의 비기를 완성할 인재가 나타난 것인가?

선무도의 비기는 자신의 사숙인 대오 큰스님을 제외하곤 모든 것을 다 익힌 이가 현재 존재하지 않았다.

비기들을 저마다 익히고 있다 하더라도 그것은 선무도의 극히 일부일 뿐, 대부분은 오로지 대오만 알고 있을 뿐.

선무도의 확장과 발전을 위해서라도 선무도의 비기가 널리 퍼질 필요가 있을 것이라 생각하는 대원로지만 그 열쇠를 쥐고 있는 사숙은 이를 오로지 인정한 한 사람에게만 모두 양도할 생각인 듯했다.

'다행이야, 정말 다행이고 말고. 명맥이 끊어질 일도 없

겠어.'

　진심으로 대원로는 이렇게 기뻐했다.

　대오 큰스님.

　그는 선무도의 직계 적통이자 현재 선무도의 모든 것을 알고 있는 유일한 사람이라 해도 과언이 아닌 사람이었다.

　또한 그는 큰스님이라는 이름을 받을 정도로 대단한 깨달음을 가진 사람이고 불교계의 거성이기도 했다.

　단지 명성과 달리 성격이 조금 지랄 맞아 자신의 마음에 들지 않으면 행패를 부리는 것이 지극히 약간의 문제가 있기는 했다.

　하지만 그 정도는 충분히 커버할 정도로 대단한 인물이었다.

　태영은 그런 사숙의 눈에 든 인재다.

　자신 또한 안달이 나지 않을 수 없는 노릇.

　산을 내려온 대원로는 그런 태영을 잡기 위해 아랫사람들에게 지시를 내려 그의 정보를 모아오도록 했다.

　그리고 얼마 지나지 않아 대원로는 태영이 바로 김 사범과 함께 이곳에 시범단의 일원으로 찾아왔다는 사실을 알게 되었다.

　대원로는 즉시 김 사범을 만나기 위해 사람을 보냈다.

*   *   *

"김 사범 안에 있는가?"

"예, 누구십니까?"

김 사범은 자신을 찾는 목소리에 문을 여니 밖에는 선무도의 총사범이 문 앞에 서 있었다.

"아니, 총사범님이 여기는 어쩐 일이십니까?"

"허허허, 왜 그렇게 놀라? 혹시 내가 오면 안 되나?"

"아이고, 무슨 말씀이십니까. 너무 기뻐서 그렇지요. 어서 오십시오."

김 사범은 총사범을 만나니 진심으로 반갑게 인사를 하며 맞이하였다.

"아닐세. 자네 지금 바로 나오게. 나와 함께 가야 할 곳이 있네."

"예? 무슨 말씀이신지……?"

"어허, 나와 같이 가야 할 곳이 있다지 않나. 어서 준비해서 밖으로 나오시게나."

총사범이 엄하게 야단을 치니 김 사범은 빠르게 대답을 하였다.

"예, 알겠습니다. 잠시만 기다려 주십시오."

김 사범은 갑자기 자신과 같이 가자는 총사범의 말에 솔직히 놀라고 있었다.

총사범이 어떤 사람인지는 선무도를 배운 사람들은 모두 알고 있을 정도로 대단한 분이었다.

선무도의 모든 사범들을 총괄하고 관리감독 하는 인물, 그게 바로 선무도 총사범이니 말이다.

그런 분이 같이 가자고 하니 놀라지 않을 수가 없었다.

그렇게 김 사범이 총사범을 따라 찾아간 곳은 총본의 원로들이 있는 사무실이었다.

그 안에는 원로 중 가장 높은 대원로가 자리에 앉아 있었다.

“대원로, 데리고 왔습니다.”

총사범이 대원로에게 인사하며 보고를 올렸다.

그리곤 곧바로 김 사범에게 눈치를 주었다.

정중하게 인사를 하라는 뜻이었다.

“대원로님, 김철영입니다.”

“어서 오세요, 김 사범. 총사범은 그만 나가보세요.”

“예, 대원로님.”

총사범이 나가자 대원로는 손짓으로 자신의 앞쪽에 놓인 자리를 가리키며 김 사범에게 자리를 권했다.

김 사범은 대원로를 만나게 될지는 솔직히 생각도 못했기에 어리둥절한 얼굴을 한 채 서서 그대로 굳어버렸다.

"여기 앉으세요. 천장 안 무너집니다."

"아, 예."

김철영은 대원로의 말에 자리에 앉게 되었다.

자리에 앉은 김철영을 가만히 보고 있던 대원로의 입이 열렸다.

"이곳에 시범을 하기 위해 함께 온 청년이 있지요?"

"예, 강태영이라는 젊은 친구입니다."

"그 사람의 실력은 어느 정도나 됩니까?"

"솔직히 실력이 얼마나 되는지에 대해서는 저도 모르겠습니다."

김 사범은 그러면서 자신의 딸인 미영과 대련을 하였던 것을 솔직하게 있는 그대로 이야기하게 되었다.

그리고 태영이 처음에 자신을 찾아오게 된 이유에 대해서도 모두 이야기히였다.

이는 태영이 한 무엇 하나 빼먹지 않고 모두 털어놓은 셈이었다.

한참 동안 김 사범의 이야기를 모두 듣고 있던 대원로는 시간이 지날수록 아주 만족스럽다는 표정으로 그 낯이 변해갔다.

무엇보다 가장 핵심으로 자신에게 와 닿은 내용은 한 가지.

─태영은 그 누구의 것도 아닌 임자 없는 재목이다!

즉, 태영은 누구의 제자도 아니라는 말이었고 선무도를 익힌 지가 무려 십 년이 넘는다는 이야기도 그 안에 깃들여졌다.

선무도는 기본적으로 어느 정도의 세월이 필요한 무예였기에 질문을 하면서도 조금은 걱정이 앞선 상황이었다.

십 년이 넘는다는 이야기를 들으니 그 부분에서도 안심이 되었던 것이다.

"허허허, 그러면 이번 시범에 그 친구를 내보내기 위해 함께 왔다는 이 말이지요?"

"그렇습니다, 대원로님."

"그러면 김 사범의 제자가 아니라 원에 선무도에 대해 배우고 싶어서 찾아온 사람이다 이 말이지요?"

"맞습니다, 대원로님."

대원로는 자신이 궁금한 부분에 대해서 김 사범에게 물었고 김 사범은 여기에 솔직하게 대답을 해주었다.

잠시의 시간이 지나자 대원로는 아주 만족한 미소를 지으며 김 사범을 보며 입을 열었다.

"내 이런 이야기를 하면 안 되지만 김 사범에게는 이야기를 해드리겠습니다."

그러면서 자신의 사숙에 대한 이야기를 하기 시작했다.

선무도의 큰 어른이자 불문의 큰 어른이라 할 수 있는 대오 큰스님에 대한 이야기였다.

바로 그가 태영을 자신의 제자로 삼고 싶어 한다는 이야기.

그래서 사승관계를 물은 것이고 다행히 누구와도 관계되지 않았다는 것을 알았으니 이번 시범에서 태영을 빼고 바로 사숙의 제자로 그를 받아들이고 싶다는 것이 이야기의 골자였다.

김 사범은 대원로의 이야기를 들으며 황당하고 어이없다는 표정을 지을 수밖에 없었다.

이는 태영의 입장에서는 엄청난 행운이었기 때문이다.

선무도를 배우고 있는 김 사범의 입장에서는 진짜로 배가 아픈 이야기였지만 태영에게 엄청난 행운인 게 사실이었다.

"그, 그러면 그 어른께서 태영이를 제자로 삼고 싶다는 이야기입니까?"

"그렇습니다, 김 사범님."

태영이 김 사범의 원에 있던 청년이기 때문에 지금 대원로가 최대한 자신을 대접해주고 있다는 사실을 김 사범도 알고 있었다.

자신과 같은 일개 사범들은 대원로와 같은 높은 곳에 계시는 분들과 만날 일이 거의 없다는 사실을 김 사범이 모르지는 않았다.

그런 대단한 분이 자신에게 몹시 정중하게 나온다는 것, 그 의미가 무엇인지는 뻔한 일이었다.

김 사범은 자신이 개입을 할 수 있는 상황은 이미 진작에 넘어섰다는 것을 느꼈다.

선무도의 가장 큰 어른이 원하는 제자이니 총본에 있는 모든 어른들의 관심이 태영에게 쏠릴 것은 자명했다.

일개 사범인 자신이 의견을 피력한다 한들 해결될 문제도 이제는 아닐 뿐더러, 당장 나서서 입을 열어봤자 오히려 손해를 보는 건 자신이 될 터였다.

태영에 대해 아쉬움이 남지만 그를 놔주어야 할 때라고 김 사범은 판단했다.

"휴우, 알겠습니다. 그러면 태영이 오면 제가 이야기해야 합니까?"

"아닙니다. 그 어른이 직접 이야기를 하게 될 겁니다. 김 사범은 그냥 조용히 있으면 됩니다."

"그렇게 하겠습니다, 대원로님."

김 사범은 힘없이 일어나 사무실을 떠났고 그런 김 사범을 대원로는 안쓰러운 눈으로 바라보았다.

원을 키우기 위해서는 상당한 실력자 한 사람 정도는 필요한 법인데 바로 그 실력자를 총본에서 가로채는 형국이니 미안한 마음이 들었다.

"김 사범에게 무언가 도움을 주어야겠는데 방법을 찾아보아야겠구먼."

대원로가 조용히 읊조렸다.

그가 말한 도움, 그것은 결코 작은 도움으로 끝나지 않을 것이었다.

단지, 김 사범은 이런 사실을 알지 못하겠지만.

*   *   *

한편 같은 시각, 태영은 단전호흡을 하며 자연의 기를 흡수하는데 심취하고 있었다.

하지만 어제와는 다르게 태영의 몸으로 흡수되는 기의 양은 상당히 많이 줄어들어 있었다.

그런 상황이 조금은 의외라 여겨진 태영은 머리에 의문을 떠올렸다.

'이상하네? 어제는 엄청나게 많은 기운이 흡수가 되었는데 오늘은 그렇게 많은 양이 아니네? 어제 너무 많은 양을 흡수해서 그런가?

태영은 자신이 한 장소에서 자신이 너무나 많은 양을 흡수한 탓에 이곳의 기운이 줄어 그런 게 아닐까 추측했다.

하지만 자연의 기운이라는 것이 줄어드는 것이 아니라는 것을 아직 모르고 있기에 가지는 생각일 뿐.

자연의 모든 기운은 언제나 차고 기움이 존재한다.

그래서 푸른 빛이 자연의 기운을 흡수하는 양의 변화 또한 차고 기우는 달처럼 유동적으로 조절하는 면이 있다는 것을 태영은 모르고 있었다.

기운들이 점점 줄어들자 태영은 단전호흡을 서서히 멈추기 시작했다.

태영이 호흡을 갈무리하고 눈을 떴을 때 자신의 앞에는 회색 남루한 옷을 입은 늙은 중이 서 있는 것이 아닌가.

"누, 누구세요?"

태영이 놀라 물었지만 늙은 중은 그런 태영을 보며 아주 신기하는 듯한 눈빛만 하고 있었다.

"지금 익히고 있는 것이 정말 평범한 단전호흡이드냐?"

늙은 중은 태영이 행한 것이 단전호흡이라는 사실을 온전하게 파악하고 있는 눈치였다.

구태여 숨길 이유가 없기에 태영은 고개를 끄덕이며 답했다.

"그렇습니다. 그런데 누구세요?"

"나야 여기서 사는 땡중이지. 그렇게 묻는 너는 누구냐?"

　태영은 이곳에 살고 있는 중이라는 말에 총본에 있는 스님이라는 생각이 들었다.

"여기서 살고 계세요?"

"그래, 이 산에 살고 있지. 이 산이 내 집이고 이 숲이 내 집이지. 여기도 내가 수련을 하는 곳인데 어제부터 네놈이 자리에 엉덩이 깔아 붙이고 지지고 앉아 있지 않느냐."

　태영은 노승의 말을 통해 이 자리가 단순한 자리가 아니라는 사실을 어렴풋이 알아차릴 수 있었다.

　그리고 더 나아가 자신의 눈앞에 있는 늙은 중은 결코 만만한 상대가 아니라는 사실을 깨달았다.

　그는 분명 기를 알고, 이를 느끼는 인물임이 분명해 보였다.

　그렇지 않으면 이 자리에서 수련할 리 없다는 것이 태영의 단순한 판단이었다.

"죄송합니다. 저도 여기 처음 와서 보니 이곳이 가장 좋은 자리라서 저도 모르게 차지했습니다. 지금 당장 자리를 비켜 드리겠습니다. 다시 방해하는 일은 없을 겁니다."

　태영이 하는 소리에 늙은 중의 입에는 작은 미소가 그려지고 있었다.

　자신을 대하는 태도를 보니 성정이 아주 맑고 때가 묻지 않았다.

‘기를 순환할 때 주변의 흐름이 정순하더니 이놈 또한 실
허게 맑은 놈이구먼. 껄껄.’

노승, 대오 큰스님은 태영에 대하여 이렇게 판단을 내렸
다.

이미 대원로를 통해 그에게 스승이 없다는 것과 홀몸으로
살아가고 있는 아이라는 것을 들은 대오였다.

그렇기 때문에 제자로 삼으려는 마음이 더욱 굳건해진 것
도 사실이다.

하지만 제자로 삼고 싶다고 해서 태영의 의사를 무시한다
는 것은 있을 수 없는 일.

가장 중요한 건 태영이 자신을 따르고 싶어하게 만드는 것
이 우선이란 사실이었다.

그렇기에 그 어떤 때보다 진지하고 진중하게 대오 큰스님
은 말을 건네고 있었다.

“네놈, 선무도를 익혔지?”

“예, 제가 배우고 있는 것이 선무도입니다.”

“그럼 선무도 내에는 선기공이 있는데 어찌 평범한 단전호
흡을 하는 게냐.”

“저의 배움이 작아서 아직 선기공에 대한 것은 배우지 못
해서 그렇습니다.”

사실이 그러했다.

태영이 김 사범의 선무원에 들어선 뒤 그를 통해 선기공에 대한 이야기를 듣고 도움이 될 만한 점들을 배운 것은 사실이다.

그러나 그것을 구체적으로 자신의 것으로 취하기엔 두루뭉술하고 뜬구름 잡는 듯한 소리가 너무 많아 결국 단전호흡에 의존하고 있는 상황이었다.

반면, 대오 스님은 태영의 한마디에 그에게 필요한 것이 무엇인지 명확하게 알아차렸다.

태영에게는 체계적이고 확실한 선기공 수련이 필요한 것이었다.

"그러면 선기공을 배우라고 하면 배울 생각은 있느냐?"

태영은 신기공이 얼마나 대단한지는 모르지만 지금 익히고 있는 단전호흡을 버리고 싶은 생각은 아직 없었다.

"솔직히 선기공을 배우고 싶지만 그렇다고 지금까지 배운 단진호흡을 버리고 싶지는 않습니다."

무협지나 소설 등에서 보면 새로운 기공술을 익힌다는 것은 예전의 것을 버리고 무에서 시작해야만 한다는 이야기들이 흔히 나온다.

이는 기초부터 다시 쌓게 되는 것을 뜻하는데, 그렇게 하기엔 지금 태영이 해온 일들이 너무 아까운 것이었다.

다행스럽게도 태영의 이런 오해를 대오 큰스님이 놓칠 리는 없었다.

"허허허, 단전호흡을 버리라는 말이 아니야. 선기공을 익히면 단전호흡을 하는 것보다는 더 많은 기를 느낄 수가 있기에 하는 것이야. 어차피 이 세상에서 이놈으로 숨 쉬나 저놈으로 숨 쉬나 공기 먹고 살아가는 인간 중생놈들이 어디 가는 것도 아닌데 뭘 그러나. 도둑놈이나 중놈이나 마찬가지. 하하하하."

애당초 단전호흡이란 무인들이 아닌 일반인들의 무병장수를 기원하며 그들의 건강을 위해 만들어진 것이라 볼 수 있었다.

숨을 고르게 하여 몸의 흐름을 가지런히 하는 것, 그것이 단전호흡이 가지는 의미였는데 이러한 기본적인 구성이 기공술의 초반과 크게 다를 건 없었다.

단지 무인으로서 더 높은 고지를 향하기 위해선 남과는 다른 뛰어난 숨이 필요한 법.

이를 잡아주는 것이 바로 선기공이었다.

대오도 예전에는 그런 사실을 몰랐지만 선기공을 익히고 나서는 그 이유를 알 수가 있었기에 태영에게 배움의 길을 열어주려고 하였다.

물론 그를 제자로 만들기 위해 하는 소리이기도 했고 말이다.

"저에게 왜 그런 것을 알려주시는 겁니까?"

"그건 네녀석이 단전호흡을 하며 기를 느끼고 있기 때문이지. 현대에 사는 사람들은 기감이 약해. 기를 느끼는 사람이 그리 많지 않지. 그리고 가장 중요한 것은 내가 선무도의 정승자이기 때문이기도 하고 말이야."

대오의 말투가 더욱 진중해졌다.

"오랜 시간 우리 선무도의 비기들은 많은 것들이 사라지기는 했지만 아직도 많은 것이 남아 있어. 하지만 기감이 없이는 익히지도 못하는 것투성이인 게야. 그런 비기들을 이어주었으면 하는데, 배워 볼 테냐?"

태영은 비기들을 익힐 수 있는 기회라는 소리에 솔직히 마음이 움직이기는 했다.

자신이 선무도를 보고 배우려는 이유가 바로 과거 환상에서부터 시작된 것.

그런 환상의 무예를 배울 수 있다는 소리에 솔깃한 것은 사실이었다.

하지만 그렇다고 그냥 하겠다고 하기에는 솔직히 너무 넙죽 물어버리는 것만 같아 제 딴에는 한 차례 튕기고 있는 중이었다.

그런 태영의 심정을 아는지 모르는지 대오 큰스님은 태영이 바로 대답을 하지 않기에 마음이 조급한 면이 없잖아 있었다.

'저놈이 찌를 안 무네. 그냥 두들겨 패서 제자로 삼아버려? 끙.'

대오 스님이 그렇게 속으로 여러 가지의 생각을 하고 있을 때 태영의 입이 열렸다.

"제가 그런 비기를 배우려면 저도 스님이 되어야 하는 건가요?"

생각지도 못한 태영의 발언에 대오는 눈을 똥그랗게 뜨고 한동안 보다가 어이가 없어 크게 웃음을 터뜨렸다.

"허허허, 스님이 되어야 하냐고? 으하하하."

늙은 중이 웃는 모습에 태영은 이유를 몰라 멀뚱히 바라만 볼 따름이었다.

아직 대답을 듣지 못했기 때문이었다.

한참을 그렇게 웃은 중은 태영을 보며 천천히 설명을 해주었다.

"선무도의 비기를 전수받은 전승자는 다음 대 전승자를 찾아야 하는 의무는 있지만 중이 되어야 한다는 의무는 없으니 걱정하지 않아도 된다. 어떠냐, 나에게 배울 생각이 있느냐?"

"예, 그러면 배우겠습니다."

"허허허, 배우겠다는 말이지."

대오는 진심으로 기뻐하고 있었다.

드디어 자신에게 마음에 드는 제자가 생겼기 때문이었
다.

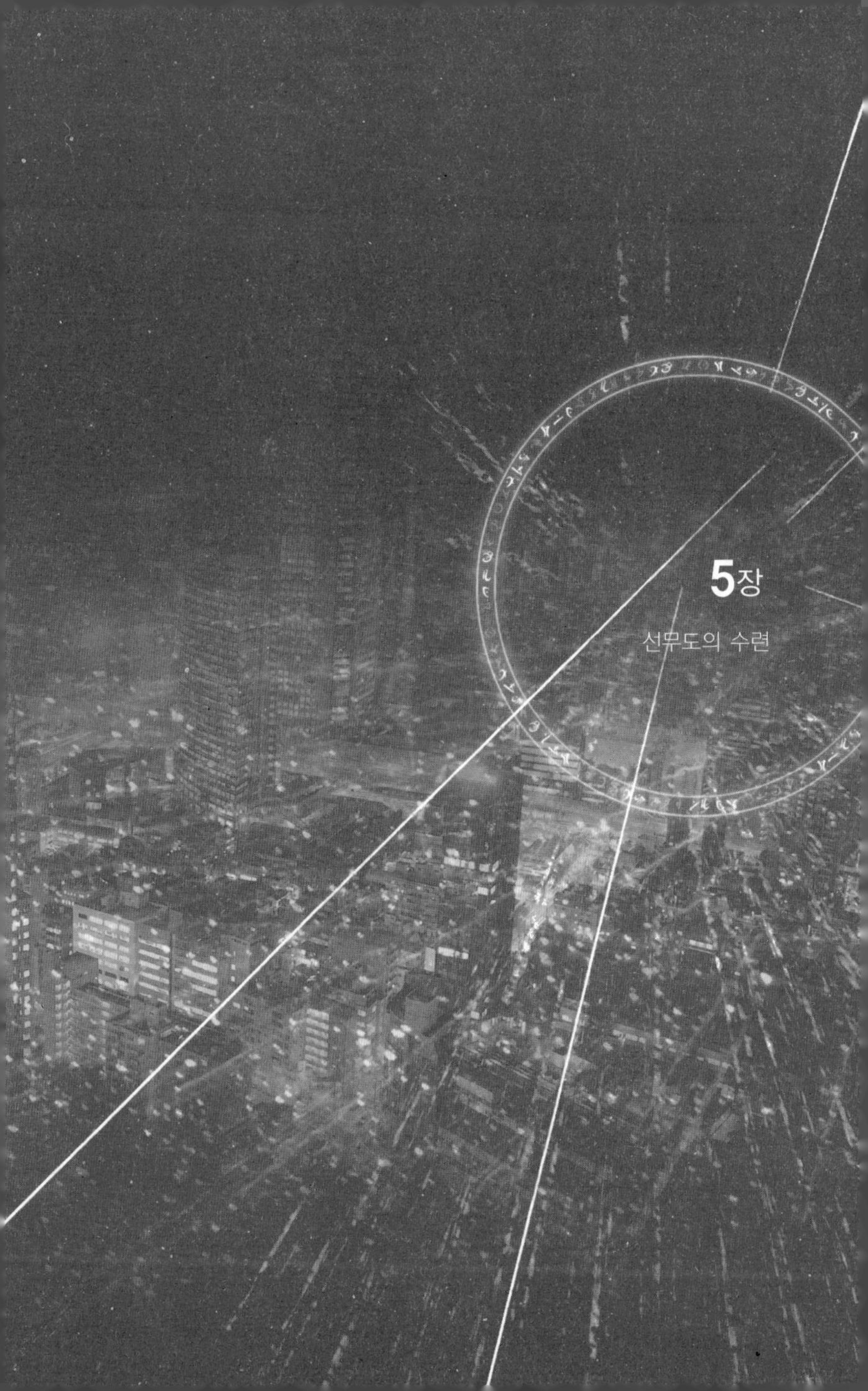

5장
선무도의 수련

까불지마!

　태영은 그렇게 대오 큰스님의 제자가 되고 바로 스님이 머물고 있는 곳으로 곧바로 거처를 옮겼다.

　이사를 마치던 날, 가장 먼저 자신과 함께 왔던 김 사범에게 인사를 하고 있었다.

　"사범님 그동안 감사했습니다."

　"아니야, 감사는 내가 더 고맙지. 그동안 수고했네."

　"수련을 마치면 들리도록 하겠습니다."

　태영이 수련을 하는 기간은 아직 정해지지는 않았지만 대략 비기를 전수받는 데 오 년 정도 걸릴 것이라는 말로 추측

할 수 있었다.

오 년이라는 시간이 짧다면 짧을 수도 있지만 김 사범의 입장에서는 엄청 긴 시간이었다.

특히 자신의 딸인 미영에게는 재앙이나 마찬가지였다.

미영이 일방적으로 좋아하고 있었기 때문에 강요할 수도 없는 노릇이었다.

김 사범은 미영을 생각하니 마음이 그리 좋지는 않았지만 태영의 입장에서는 정말 좋은 기회라는 것을 알기에 잡지를 못했다.

"그래, 열심히 하도록 하게."

태영은 그렇게 인사를 하고 자리를 떠났다.

서울의 집은 대오 스님이 알아서 처리를 해주겠다고 해서 신경을 쓰지 않았다.

태영이 살고 있는 집에는 그리 많은 짐이 있는 것도 아니었기 때문이다.

수련을 하며 필요한 옷가지는 승복이라 문제가 되지 않았다.

해서 태영은 바로 수련을 시작할 수 있게 되었다.

대오 스님과 함께 거주를 할 장소는 산속이었고 그 옆에는 계곡도 있어 물 걱정은 하지 않아도 되었다.

식사를 위한 식재료들은 다른 스님들이 있었기에 태영이

움직일 일은 없었고 오로지 수련만 할 수 있도록 조치를 취해 주었다.

대오는 태영과 함께 생활을 하면서 가장 먼저 선기공에 대한 것을 설명해 주었다.

"단전호흡은 무인들이 사용하기에는 부족한 것들이 많다. 그 이유는 단전호흡만으로는 많은 자연의 기운을 모을 수가 없기 때문이지. 일반인이라면 오래 살려고 하는 것이기 때문에 문제가 되지 않지만 우리 같은 무인들에게는 내기를 다스릴 필요가 있어 이는 이야기가 달라진다. 단전호흡만으로는 기를 많이 모을 수가 없어 대부분 저마다 사문에 따른 운기법을 익히게 되지."

대오는 선기공을 설명하면서 자세하게 왜 선기공을 익혀야 하는지에 대해 우선적으로 설명을 해주었다.

단지 설명을 듣고 있는 태영의 입장에서는 조금 이해가 가지 않는 부분이 많았는데 자신은 단전호흡만으로도 많은 기운을 모을 수가 있었기 때문이다.

하지만 스승으로 모시기로 한 대오에게 그런 내색과 의문을 표하진 않고 묵묵히 가르침을 듣기로 했다.

물론 가슴속에 피어나는 의문을 안으로 갈무리한 채.

'스승님마저도 아직 단전호흡에 대해 모르는 부분들이 많은 것은 아닐까. 일단 선기공을 먼저 배우고 나서 단전호흡과 선기공의 다른 점에 대해 연구를 해보고 이야기를 해야겠어. 처음부터 그런 말을 하면 건방져 보일 수도 있으니 지금은 때가 아냐.'

의문이 들었지만 건방져 보일 수도 있을 것이라는 생각에 확답이 아니라면 말을 꺼내지 않는 편이 옳았다.

태영의 수련은 그렇게 선기공을 익히는 것으로부터 시작이 되었다.

수련은 연일 계속되었지만 태영은 불평불만 없이 스승이 시키는 대로 수련을 하고 있었다.

그런 태영을 보는 대오 스님은 아주 만족한 얼굴을 하고 있었다.

선기공을 알려주는 것도 태영은 단전호흡에서 많은 것을 깨달은 바가 있어 그런지 금방 습득해 나갔다.

해서 이를 위해 소모된 시간은 그렇게 오래지 않아 그 만족도가 높았다.

"허허허, 이제부터 비기들을 알려주어도 되겠구나. 선기공의 입문 수련을 저렇게 빨리 마무리하는 놈이 있을 줄은 상상도 하지 못했구나."

선기공의 수련이 어려울 것이라는 생각과는 다르게 태영은 아주 가볍게 선기공을 익히고 있었고 그 내기도 아주 만족스러울 정도였다.

　물론 이도 태영이 자신이 가진 능력의 칠 할을 감추어 둔 상태에서 나온 모습이었다.

　태영은 대오 스님과 함께하면서 내기를 모으는 방법과 어느 정도의 내기가 있어야 비기들을 사용할 수 있는지에 대해 여렴풋이 파악할 수 있었다.

　'내가 가지고 있는 내기의 양이 이렇게 많은 것인지는 처음 알았네. 스승님도 나의 내기에 비하면 반도 되지 않으니 말이야.'

　스승과 이야기를 하면서 태영은 자신이 가지고 있는 내기의 양에 대해 좀 더 인지할 수 있게 되었다.

　그러나 스승에게도 자신이 가진 내기의 양에 대하여 알려주지는 못한 채 혼자만의 비밀로 담아두었다.

　더군다나 자신이 가진 푸른 빛이라는 것이 타인의 눈에는 보이지 않는단 사실도 알게 되었다.

　거기에 더불어 무인으로서 자신의 몸은 이미 초인이란 표현으로밖에 설명이 되지 않기에 구태여 이를 알려 의구심을 불러일으킬 필요는 없어보였다.

　태영은 항상 가장 우선적으로 생각하는 것이 자신의 몸이었다.

　하늘이 내려준 이 몸이 가진 비밀은 누구에게도 그 어떤 누구도 알아선 안 된다는 게 태영의 철칙이었다.

그렇기에 자신의 내기를 선기공을 익히면서 태영이 노력한 것은 내기를 불러일으키는 연습이 아니라 더욱 자신의 기운을 갈무리하며 모으는 수련이었다.

대오 스님은 그런 사실을 모르기 때문에 일부의 내기를 보여주는 태영의 모습에도 아주 만족스러운 얼굴을 하며 흡족해 했다.

태영의 나이에 비해 상당한 내기를 가지고 있다고 판단을 했기 때문이다.

실제로 대오가 보기에 태영이 끌어모으는 내기의 양은 자신과 비교한다면 부족한 편에 속한다.

하지만 문제는 단전호흡만으로 모은 내기라는 점, 그리고 선기공을 익히면서 보여주는 막대한 기의 유동이 태영의 거대한 잠재능력이라 여기고 있었다.

선기공을 바르게 익힌 덕에 최근 상당한 발전을 이룬 것으로 오해를 하게 된 셈이다.

'정말 천 년에 한 번 있을 기재로고.'

그런 태영의 모습에 감탄해 마지않음은 물론이고.

그렇게 대오가 직접 태영에게 가르침을 사사하는 동안 총본의 다른 사람들은 허락된 극소수를 제외하곤 이곳에 들어올 수 있는 사람은 존재하지 않았다.

이미 총본에는 태영에 대한 모든 정보를 가지고 있었고 그

가 수련하는 동안은 누구도 접근하지 못하게 하려는 방편이
었다.

이는 비기의 유출을 막기 위해 취한 조치였다.

*　　　*　　　*

태영이 수련을 시작하게 되던 그날의 일이다.

미영은 아버지인 김 사범에게 엄청난 소식을 전해 듣고 단
단히 화가 올랐다.

"아니, 아버지! 태영 오빠는 아버지의 제자나 마찬가지잖
아요! 그런 제자를 그냥 보낼 수가 있는 거예요?"

미영은 화가 나서 아버지에게 따지고 있었다.

"그러면 그런 좋은 기회를 차버리라는 말이냐? 나 같아도
그런 기회가 오면 무조건 하겠다."

김 사범의 말에 미영은 화가 나기는 했지만 틀린 말은 아니
었기에 참을 수밖에 없었다.

하지만 미영의 마음속에는 이미 태영이 자리를 잡았는지
태영을 잊으려고 해도 잊을 수가 없었기에 결국 눈물만 흘리
고 말았다.

오 년이라는 시간은 자신과 같은 여자를 잊어버리게 만들
고도 남을 시간이었기 때문이다.

시간 앞에 무기력한 것 중 하나가 멀리 떨어진 남녀의 감정이라 하던가.

미영은 태영과 지내면서 좋은 관계를 유지 못한 것이 정말 마음에 걸렸다.

오빠라고 생각하며 잘해주고 싶었지만 여자의 마음도 이해를 못하니 화가 났고 그것을 항상 짜증을 내는 것으로 태영에게 풀었었다.

이제 와 생각해보니 너무나 철없는 행동이었다.

자신을 어필하고 끌어당겨도 모자랄 판에 자신에게 질리도록 만들고 있었으니까.

'오빠, 이제 저 같은 여자는 잊겠지요? 흑흑흑.'

미영은 눈물을 흘리며 자신의 행동을 후회하고 있었지만 이미 지나간 시간을 돌리 수는 없는 일이었다.

미영이 우는 모습을 보니 김 사범도 기분이 좋지는 않았다.

하나밖에 딸이었고 애지중지한 그런 자식이었는데 남자 때문에 울고 있는 모습을 보니 좋은 기분일 수가 없었다.

"울지 말고 눈물을 거둬라. 태영이 수련하는 동안 너도 무언가 이루어야 하지 않겠냐. 그래야 나중에 봐도 할 말이 있지."

미영은 아버지가 한 말을 듣고는 정신이 번쩍 들었다.

태영이 저만치 앞을 향해 나아가는데 자신 혼자 제자리에서 맴돌고만 있을 수는 없는 노릇이었다.

태영이 오 년이라는 시간 동안 매우 많은 변화를 품고 돌아올 걸 생각한다면 자신 또한 이루어야 하는 것들이 존재했다.

그걸 채워야만 태영이 돌아왔을 때 당당하게 그의 앞에 서서 자신의 목소리를 세울 수 있으리라 생각하는 미영이었다.

결심을 굳힌 미영이 김 사범을 향해 가볍게 고개를 숙이곤 이렇게 말했다.

“알았어요. 이제부터 더 열심히 공부에 집중할게요. 공부든 선무도든 무엇이든 간에요.”

공부와 선무도뿐이랴.

미모도, 여자로서의 매력도 더욱 키워나가야 할 터였다.

미영은 그렇게 다짐을 하고 있었다.

태영은 그런 사실을 전혀 모르고 있었지만 그를 둘러싸고 있던 주변 인물들에게는 많은 변화기 찾이오고 있었다.

특히 김 사범과 미영에게는 말이다.

*   *   *

태영은 대오 스님에게 새로운 비기들을 사사받기 시작했다.

태영이 생각했던 것에 비해 대오 스님을 통해 배워나가는 비기들은 생각과는 다르게 상당히 어려운 수준에 놓여 있었다.

"정신 차려라! 그런 정신으로 무슨 무예를 익힌다는 게냐!"

대오 스님은 무예를 가르칠 때는 엄하게 가르침을 주고 있었다.

잠시만 정신줄을 놓으면 바로 벼락같은 고함이 정신을 차리게 하고 있었다.

"죄송합니다, 스승님."

태영은 무예를 본격적으로 배우기 시작한 이후 지금까지 솔직히 무예를 조금은 우습게 여기는 경향이 없지 않았다.

실제로 자신의 몸이 가지는 능력에 의해 수월하게 접근했던 것들도 있었으니 이는 더했다.

게다가 대오 스님을 통해 배우는 비기들도 처음 미영과의 대련에서 겪었던 것과 다르게 매우 난이도가 높은 것투성이여서 고생을 하고 있었다.

태영은 푸른 빛으로 인해 머리도 상당히 좋아졌고 몸도 초인이라는 말로밖에 설명이 되지 않았다.

그러다 보니 자신도 모르게 자만심이 빠져 무예를 비롯하여 타인에 대해 경시하는 마음이 한편에 존재했다.

그런데 막상 비기의 중심으로 들어가자 자신의 생각과는 다르게 숱한 어려움이 자신을 기다리고 있었다.

하지만 태영이 체감하고 느끼는 것은 타인이 그를 보고 놀라는 것에 비하면 아무것도 아니란 사실을 본인만 알지 못했다.

'도대체 저놈은 타고난 무예가가 아니면 설명이 되지 않는 놈이구나. 남들이 몇 년 걸릴 비기를 저렇게 몇 달도 채 안 되는 시간만에 습득하는 인간이 어디에 있냔 말이야!'

대오 스님은 태영에게 비기를 알려주면서 놀라지 않은 날이 없을 정도였다.

그만큼 어렵다는 비기들을 태영은 건조하게 마른 스폰지가 물을 빨아들이는 수준만큼 빠르게 자신의 것으로 흡수해 나갔다.

물론 태영이 많은 내기를 소유하고 있어 비기를 운용하는 데 필요한 내기가 타인에 비하여 몹시도 풍족하다는 게 한몫하는 경향이 없는 것은 아니다.

그러나 단순하게 그렇게 설명하고 끝나기엔 태영이 보여주는 솜씨는 결코 무시할 수 없는 영역에 속해 있었다.

대오 스님은 진심으로 아주 놀라운 제자를 자신의 손으로 키우고 있다는 사실에 만족하고 있었다.

단지 처음과는 조금 다르게 무예를 약간 무시하는 것 같아 정신을 차리게 하려고 야단을 치고는 있지만 마음은 달랐다.

'저렇게 흡수를 하면 앞으로 일 년이면 모든 비기들을 전

할 수가 있을 것 같구나.'

태영의 노력이면 일 년 정도면 모든 비기들을 전할 수 있을 것 같아 내심 아주 만족한 얼굴을 하고 있는 대오 스님이었다.

비기들의 전승자는 사실 비기를 전하기 위하여 많은 노력을 하지만 그만한 제자를 얻는 것이 쉽지가 않아 마음이 편하지 않았는데 대오 스님은 이제 그런 업에서 벗어날 수가 있다는 사실에 만족하고 있었다.

모든 비기를 전하면 나머지는 전적으로 태영의 몫이었기 때문이다.

"이제부터 배우는 것들은 아직 누구에게도 전해지지 않았던 것들이고 나도 전승을 받기만 했지 익히지 못한 것들이다. 너에게 전하는 이유는 앞으로는 누군가가 비기들의 주인이 될 사람에게 전할 의무가 너에게 있는 탓이다. 선무도의 비기를 익히는 자에겐 이들의 명맥을 이어나갈 권리와 의무가 있는 것이다. 너도 최선을 다해 이것들을 익히려고 노력해야 할 것이니 이 점 명심하거라."

"예, 스승님."

대오 스님은 그렇게 말을 하면서 비기들을 전해주기 시작했다.

태영이 익힐 수 있을 수도 있지만 익히지 못해도 상관은 없다는 생각을 하며 자신이 스승에게 사사받을 때 그러했듯이 대오 자신도 그렇게 비기의 심득을 하나하나 넘겨가고 있었다.

고대로부터 전해지는 것들이라 쉽게 몸으로 익히기에는 사실상 무리가 있었던 것들이기에 대오 스님도 전해주기는 하지만 반드시 익히라는 소리까지는 하지 않았다.

태영은 그렇게 대오 스님에게 많은 무예들을 배우고 있었고 수련을 하면서 새로운 세계를 느끼고 있었다.

계절이 지나가는 것을 벌써 세 번이나 경험을 하는 동안 태영은 몸은 많은 변화를 경험하게 되었다.

지금은 처음과는 다르게 엄청난 발전을 하여 태영이 만약에 최대치로 힘을 사용하면 일반인의 열 배는 사용할 수가 있을 정도였다.

물론 내기를 사용하지 않은 상태에서였다.

그만큼 태영의 몸은 더욱더 강력한 초인이 되어 가고 있었다.

푸른 빛은 여전히 태영을 강하게 만들어가고 있었고, 태영이 이 기운을 다루기 시작하면서부터 그는 더욱 더 강해지며 성장을 멈추지 않았다.

이로 인해 사실상 대오 스님으로부터 전승되는 비기들 중에 익히지 못할 것이라 여겼던 것들을 태영은 아무도 몰래 완전하게 마스터하기까지 했다.

물론 대오 스님이 있는 곳에서는 절대로 이러한 모습을 보여주지 않았다.

이는 절대적으로 자신만의 비밀이 되어야 했다.

또한 대오 스님과 태영은 수시로 서로 공수를 번갈아 가며 대련을 오갔다.

가끔 대련을 하기도 하지만 태영은 자신의 내기를 최대한 감춘 채 대오 스님보다 조금 낮은 수위에 맞추어 대련하였다.

설사 상처를 입어도 내기의 사용을 억제하고 있어 대오 스님도 그런 태영의 모습에 아직은 내기가 약간 부족하다고만 생각하게 되었다.

"휴우, 이번에는 반드시 성공을 해야 하는데 말이야."

태영은 새롭게 익히고 있는 비기들 중에 하나를 오늘 성공을 하려고 하고 있었다.

태영이 수련을 하는 곳은 계곡에서 물이 떨어지는 작은 폭포가 있는 곳이었다.

새롭게 물색해 찾은 이곳은 아무도 오지 않는 그만의 장소였고 내기를 익히기에도 좋은 장소였다.

물론 처음에 익히던 곳이 가장 좋기는 하지만 지금은 수련을 위해 사용되고 있으니 새로운 장소를 물색한 것이다.

내서 내기의 공부는 이곳에서 수련함을 원칙으로 하고 있었다.

이곳도 내기를 수련하기에는 그리 나쁘지 않아서였다.

"아직도 비기를 완성하기에는 부족한 것이 많네. 하지만 언제까지 여기 있을 수는 없으니 그만 수련하고 나가야 할 것 같은데……."

태영도 아직 젊은 나이기 때문에 수련을 위해 젊음을 이곳에서 보내고 싶지는 않았다.

무예를 익히며 이곳에서 시간을 보낸 지도 어느덧 4년 남짓.

몸이 정상인이 되고 꿈을 찾아 무예를 익히고는 있지만 솔직히 꿈만 꾸고 있을 수는 없는 일이지 않겠는가 말이다.

태영도 남자였기에 돈도 벌고 싶고 여자도 만나고 싶은 것은 정상이었다.

게다가 비기와 선무도에 대한 이해도와 깊이도 이전에 비해 매우 높아진 상황이었다.

예전에 꿈꾸지 못하던 또 다른 욕망들이 새롭게 깨어나고 있는 것이다.

"그런데 나가서 무엇을 해야 하나?"

노가다를 다시 하자니 솔직히 마음에 들지 않았다.

또한 자신이 가지고 있는 통장 속 천만 원이 그가 가진 전

재산이라 할 수 있었다.

수련을 그만두고 나가는 것이야 스승도 반대를 하지는 않겠지만 문제는 나가서 무엇을 할 것인지를 아직도 않았다는 데 있다.

바로 이 점이 태영의 발목을 붙들고 놔주질 않고 있었다.

대학을 졸업했지만 이 사회에 대해서는 아는 것이 없는 초보자나 다름없는 태영이었다.

흘몸뚱이 하나만으로 무엇을 할지 갈피를 잡을 수가 없는 건 청춘으로서 누릴 당연한 고민이었다.

"그 문제는 스승님과 이야기를 해보고 결정을 하자. 혼자 고민을 해야 골치만 아프겠다."

태영은 결국 나가서 하는 일에 대해서는 스승과 대화를 하는 것으로 결론을 내렸다.

전에는 모든 것을 혼자 결정을 하였는데 지금은 그렇지 않고 주변이들과 교류하며 많은 것을 취해나갈 줄 알게 되었다.

은둔형 외톨이 같던 태영의 성격도 많은 변화를 하고 있는 것 같았다.

고민을 안은 채 태영은 수련을 마치고는 자신이 스승과 머무는 숙소로 돌아갔다.

마침 대오 스님이 돌아와서 있기에 태영은 그런 스승에게 인사를 하였다.

"스승님, 언제 오셨어요?"

"아까 왔다. 무슨 할 말이 있느냐?"

"예, 사실⋯ 이제 수련을 그만두고 나가고 싶습니다. 그런데 나가서 할 일이 없어서요."

대오 스님도 어렴풋이 태영이 수련을 그만해도 된다는 생각은 하고 있었다.

하지만 이렇게 일찍 떠날 것이라고는 생각지 못했는지 인상을 썼다.

"벌써 나갈 생각을 하는 거냐?"

"솔직히 더 이상 수련을 한다고 해서 발전이 있는 것도 아니잖아요. 정신이 오히려 혼란스러우니 나가보려고요. 일전에 스승님도 그러셨잖습니까. 사회에서 타인을 만나 타인에게서 무를 알고 사람을 알아 자신을 세우라고. 거기에 무리가 숨어 있다고."

태영이 하는 말도 틀리지 않는다는 사실을 대오 스님도 알고 있었기 때문에 다른 말은 하지 않았다.

"그러면 나가서 네가 해야 할 일을 모르니 나에게 알려달라는 말이냐?"

"예, 수련만 한다고 근 사 년의 세월을 이곳에서 보내고 나니 무엇을 해야 할지를 모르겠네요."

"하기는 그렇지. 잠시 생각을 해보도록 하자."

대오 스님도 태영을 평생 이곳에 잡아두고 싶지는 않았다.

재자라고 하지만 너무도 뛰어난 놈이라 솔직히 같이 있고 싶기는 하지만 그래도 젊은 놈이 이런 산속에서만 산다는 것에는 자신도 반대를 하고 있었다.

두 사람은 밤이 새도록 많은 이야기를 나누었지만 결론을 내린 것은 아무 것도 없었다.

그러다가 대오 스님이 제시를 한 것이 바로 면허증을 따라는 것이었다.

우선은 면허가 있어야 차를 타고 다닐 수가 있었기 때문이다.

요즘 세상에 면허가 없이는 움직이기 힘들다는 것을 알기에 가장 먼저 이야기를 해주었다.

"스승님은 제가 가장 먼저 해야 하는 일이 면허증을 따는 것이었으면 한다는 말이죠?"

"그래, 요즘은 모두가 가지고 있는 것이 면허증이라고 하니 너도 우선은 면허증을 따두도록 해라."

태영은 스승의 말을 듣고 잠시 생각을 해보았지만 그리 틀린 말은 아니라는 생각이 들었다.

'하기는 요즘에 운전을 못한다고 하면 바보로 취급을 받을 수도 있으니 나가면 바로 면허증부터 따도록 하자.'

태영은 스승의 말에 무언가 생각을 정리를 하였는지 고개를 들었다.

"스승님 말대로 우선은 면허증을 따야겠네요. 그리고 천천히 직장을 구하면 되겠지요."

하지만 직장이 구한다고 구해지는 것이면 얼마나 좋겠는가 말이다.

대학을 나오고 취업을 하지 못하는 사람들이 많다는 이야기를 들은 대오 스님은 그런 태영을 보며 속으로 한숨을 쉬었다.

그렇다고 자신이 직장을 구해줄 수도 없는 문제였기에 앞날의 일은 제자가 스스로 알아서 해야 한다고 생각을 했다.

"그럼, 언제 떠날 생각이냐?"

"내일 바로 떠날게요. 어차피 가려면 바로 가는 것이 좋을 것 같아서요."

"그렇게 해라. 총본에는 내가 이야기를 해두마."

"감사합니다, 스승님."

태영은 스승과 이렇게 정리를 하고는 조용히 자신의 방으로 갔다.

가지고 갈 물건은 없었지만 작은 가방에 담겨 있는 물건들은 가지고 가야 했다.

드디어 태영이 오랜 수련을 마치고 세상을 향해 첫걸음을 하게 되었다.

*　　　*　　　*

하산한 이후 서울로 바로 올라온 태영은 자신이 얻은 원룸으로 갔다.

가격도 적당한 것이 자신이 묵기에는 아주 좋았기 때문이다.

"여기도 정말 오랜만이네. 오랜만에 와서 그런지 마치 고향에 온 기분이 드네."

태영은 원룸을 보며 마치 고향에 온 기분이 들었다.

전에는 원룸을 관리하는 분이 따로 있었는데 지금은 어떨지를 모르니 우선은 관리인이 사용을 하던 사무실로 갔다.

아직 변하지 않았는지 전에 계시던 분이 아직도 자리를 지키고 있었다.

"안녕하세요, 아저씨."

중년의 남자는 자신을 보며 반갑게 인사를 하는 태영을 보더니 기억이 날 듯 말 듯하는 모양이었는지 고개를 갸웃거렸다.

"저 전에 여기 살던 사람이에요, 아저씨."

태영의 대답에 생각이 났는지 손바닥을 쳤다.

"아, 그래 스님이 와서 계약을 해지한 친구구나."

태영이 스승을 만나 방을 해약하게 되었는데 스승님의 지시로 스님 중에 한 분이 해약을 대신해 주었던 것이다.

"예, 오늘 다시 계약을 하려고 왔는데 방이 있나요?"

"흐흐, 씁쓸한 이야기지만 언제 우리 건물에 방 없는 거 봤어? 방은 있으니 걱정하지 말게."

원룸이 제법 잘나가는 편이긴 했지만 구하려는 사람이 그리 많지 않아 방이 제법 남아 있는 모양이었다.

여전히 이곳은 계약금이 따로 없고 방세를 선불로 일정 기한만큼 지불해 주면 되기 때문에 태영이 바로 이체를 해주면서 계약을 마치게 되었고 키를 받을 수 있었다.

가벼운 마음으로 방으로 올라가서 보니 앞으로 자신이 입을 옷이 없다는 생각이 났다.

"이거 당장에 입을 옷가지하고 먹을 것을 먼저 사야겠네. 가만 사범님께 인사도 드려야겠지?"

태영은 김 사범이 생각이 났기 때문에 근처로 왔으니 인사나 드려야겠다는 생각이 들었다.

어차피 시장을 가려면 그리 멀지 않은 곳이라 인사를 하는 것이 좋을 것 같았다.

집에서 나온 태영은 시장을 지나 가장 먼저 김 사범이 있는 도장으로 갔다.

하지만 태영이 알고 있는 그런 도장이 아니라 그동안 커졌는지 상당히 규모가 있어 보였다.

"와우, 그동안 돈을 많이 버셨나 보네. 엄청 커졌는데?"

태영은 놀라면서 문을 열었다.

그 안에는 많은 사람들이 열심히 수련을 하는 모습이 보였는데 그 사람들의 앞에 있는 사람은 전에 자신이 수련을 할 때 함께 수련을 하던 사람이었다.

이름은 잘 생각이 나지 않지만 얼굴은 기억이 났다.

"여기 김철용 사범님 만나러 왔는데 안에 계십니까?"

"누구시라고 전해 드릴까요?"

"예, 강태영이라고 합니다."

"잠시만 기다려 주세요."

남자는 태영의 이름을 듣고는 바로 사무실로 갔다.

사무실에는 김 사범이 바쁘게 업무를 보고 있었다.

"저기 사범님 강태영이라는 분이 찾아 오셨는데요."

"누구? 강태영이라고?"

"예, 강태영이이요."

김 사범은 태영의 이름을 그동안 잊고 살았는지 바로 기억을 하지 못하고 있다가 갑자기 기억을 났는지 자리에서 벌떡 일어났다.

“어디 있는가?”

“지금 입구에 계시는 데요.”

김 사범은 빠르게 입구로 향했다.

입구에는 태영이 김 사범이 나오기를 기다리고 있었고 김
사범은 그런 태영을 보자 정말로 반가웠다.

“태영아!”

“그동안 안녕하셨습니까, 사범님.”

“그래 나야 항상 잘 있지. 어서 들어가자, 들어가.”

김 사범의 안내로 태영은 사무실로 들어갔다.

김 사범이 손님을 아주 반갑게 맞이하는 모습에 수련을 하
던 사람들이 수군거렸다.

“누구야?”

“나도 모르지.”

“김 사범님이 저렇게 반갑게 누구를 반기는 모습은 처음
보네.”

“나도 그렇게 생각하고 있었다. 아무래도 대단한 손님인
것 같다.”

사람들이 수군거리고 있을 때 태영은 김 사범과 사무실로
들어와 소파에 자리를 잡고 앉았다.

“차는 뭐로 마실래?”

"그냥 녹차나 주세요."

"하하하, 전에는 녹차만 마시더니 아직도 변하지 않았구
나."

"수련을 하니 다른 차는 마시지 못하게 해서요."

총본에서 수련을 하며 커피나 그런 차는 마시지 못하게 한
다는 것은 김 사범도 알고 있었다.

몸에 좋지도 않은 그런 차를 마시는 것은 오히려 해롭다는
판단에서였다.

"그래, 성과는 있었냐?"

"스승님이 그만 내려가라고 하니 내려왔지요."

태영은 전과는 다르게 조금은 여유가 있어 보였다.

김 사범은 태영의 그런 모습이 아주 보기 좋았다.

"언제 내려온 것이여?"

"오늘 도착을 했어요."

"그래, 이제 무엇을 하려고?"

김 사범이 가장 궁금한 부분이었다.

태영의 실력으로 이곳에 있으라고 할 수도 없으니 궁금해
서였다.

"우선은 면허부터 따려고요. 스승님이 면허가 없이는 사람
대접을 받지 못한다고 하시더라고요. 틀린 말이 아니긴 하지
만요."

　태영은 면허를 따라고 하던 스승의 얼굴이 생각이 나서 자신도 모르게 얼굴에 미소가 그려졌다.

　"하하하, 맞는 말이구면. 요즘 시대에 면허가 없는 사람이 없을 정도이니 말이지. 면허를 따고 나서는 생각해 둔 것이 있는가?"

　"아직은 생각하지 않고 있어요. 우선은 한 가지부터 정리를 하려고요."

　태영과 김 사범은 많은 이야기를 나누었지만 정작 김 사범이 하고 싶은 이야기는 한마디도 하지 못했다.

　바로 미영의 일이었는데 미영은 지금 학교를 졸업하고 무역 회사를 다니고 있었다.

　아직도 태영에 대한 미련을 버리지 못하고 태영을 그리워하고 있다는 이야기를 차마 할 수가 없었다.

　태영은 김 사범이 무언가 자신에게 할 말이 있는데도 참고 있다는 것을 간파했지만 나중에 이야기하겠지라는 생각에 그냥 넘어갔다.

　시간이 어느 정도 지나자 태영은 시장에 가야 하기 때문에 자리에서 일어서게 되었다.

　"사범님 오늘은 이만 가야겠습니다. 대신 자주 놀러 올게요."

　"그렇게 하게. 집은 전에 살던 곳이라고 하니 까까워서 좋구먼.”

“하하하, 가까우니 제가 자주 오면 귀찮게 생각지나 마세요.”

태영은 가벼운 농담을 던지고는 도장을 벗어났다.

“사람 참 밝아졌구먼.”

태영이 시장을 향해 가는 뒷모습을 보며 있는 김 사범이 중얼거렸다.

그런 한편, 저녁에 미영이 오면 태영이 다시 왔다는 이야기를 해야 하는지에 대한 고민도 들었다.

이야기를 하지 않으면 원망을 들을 것 같고, 해주어도 문제가 있을 것 같아서였다.

미영은 아직도 미련을 가지고 있지만 태영은 미영에 대한 생각이 없어 보였기 때문이다.

오늘 와서도 미영에 대한 말은 한마디도 하지 않는 것을 보면 알 수가 있었다.

하기는 같이 있는 동안 미영이 어지간히 태영에게 몹쓸 게 굴어댄 감이 없잖아 있었으니 그럴 만도 했다.

김 사범으로서는 태영이 미영에 대한 생각을 하지 않는 것이 오히려 정상이라고 생각이 들 정도였다.

“이거 참 고민이 되네.”

　김 사범은 태영의 문제가 아닌 딸의 문제로 고민을 하게
될지를 알고 있었지만 막상 그런 일이 생기니 머리가 아파왔
다.

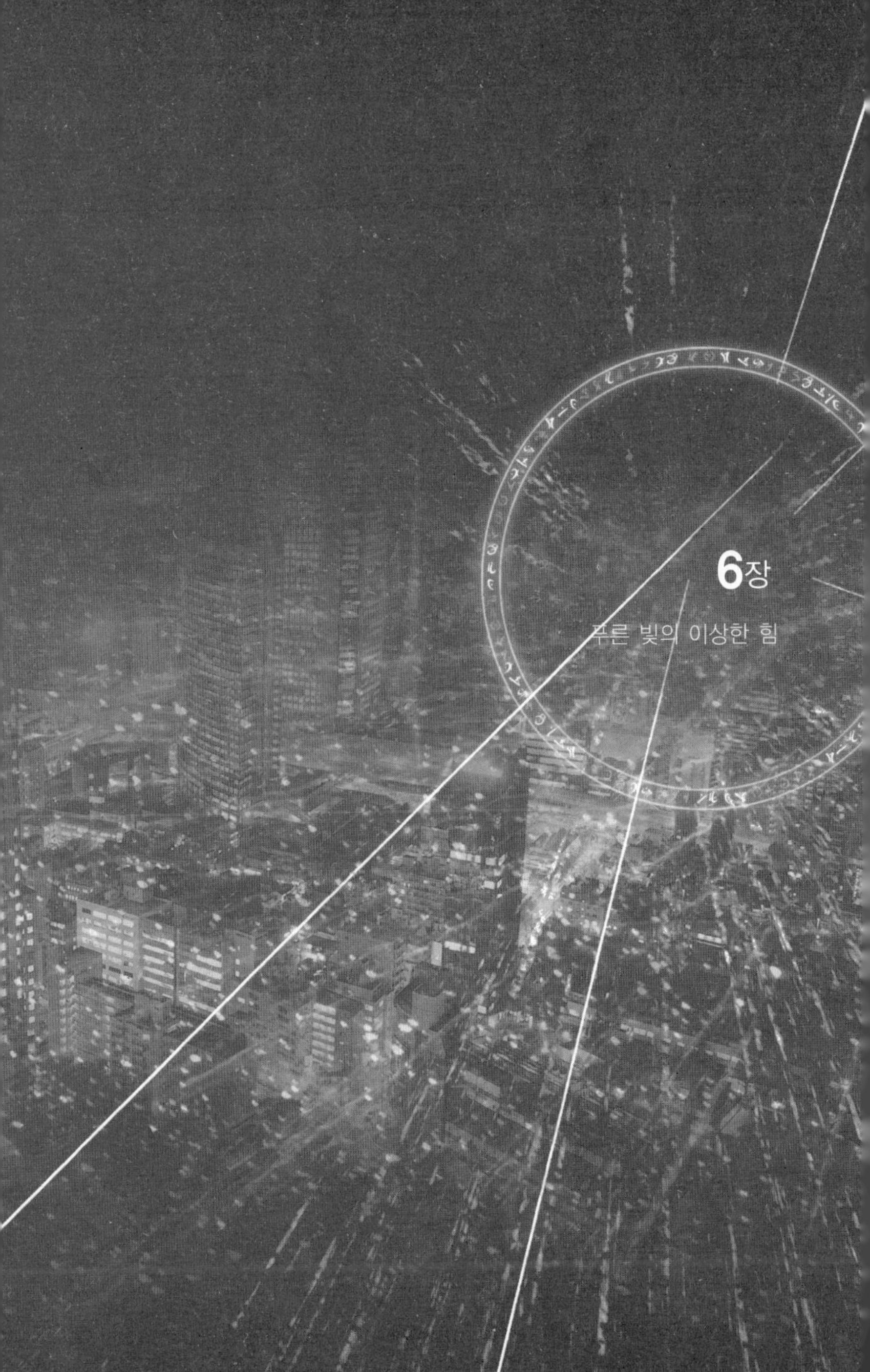
6장
푸른 빛의 이상한 힘

까불지마!

　다음 날, 태영은 면허를 따기 위해 가장 먼저 운전학원에
등록을 했다.

　필기는 그리 걱정을 하지 않았지만 실기는 솔직히 자신할
수가 없어서였다.

　대부분의 사람들이 필기가 아닌 실기에서 떨어지기 때문
에 태영도 그 문제에서는 잔뜩 긴장을 하게 되었다.

　운전학원에 등록을 하고 최대한 열심히 배우는 수밖에 없
었다.

　어쨌거나 태영은 학원을 등록하고, 열심히 다니며 성의를

보였다.

　얼마 지나지 않아 필기시험을 가볍게 합격하였고, 바로 실기를 준비하게 된 뒤 이 또한 그리 어렵지 않게 합격해 면허증을 딸 수 있었다.

　태영은 막상 이렇게 성공하고 나니 기분이 그렇게 좋을 수 없었다.

　겨우 면허를 따고 이런 기분을 느낄 수 있다는 것이 오히려 신기하게 느껴질 정도였다.

　"이거 참 겨우 면허를 따고 이런 기분이라면 나중에 국가에서 하는 시험에 합격을 하면 난리가 나겠어."

　태영은 자신이 참 한심하다는 생각이 들었다.

　그러나 또 한편으론 작은 것 하나하나가 그렇게 즐거울 수 없는 태영이었다.

　무예를 익히기 전에는 하루를 살아갈 생각만으로도 끔찍하게 여겼던 그였다.

　그러나 이제는 전혀 달랐다.

　건강한 몸과 마음, 해보고 싶던 욕망들의 충족.

　그 작은 것 하나하나가 활력이 되고 생명이 되는 듯했다.

　그렇게 잠시 자신을 다시 점검을 한 태영은 모질게 마음을 먹어야 한다는 생각을 하고 있었다.

　"아직은 이렇게 들떠 있기만 해선 곤란하니 다시 한 번 마

음을 다잡아야지. 더욱 강하게 마음을 먹어야 나중에 후회를
하지 않을 테고.”

태영은 나약해지는 마음을 다시 강하게 먹으려고 했다.

몸은 강해졌는지 몰라도 수련하면서 스승과 생활을 하면
서 정신은 오히려 어리광을 부리는 것 같이 타인에게 의지하
려는 성향이 생긴 듯했다.

생각하는 것도 느슨해진 것 같고 말이다.

그렇게 다시 마음을 다잡으니 무엇을 해야 할지가 눈에 보
이기 시작했다.

수련을 하고 나서는 노가다를 한다는 것이 조금은 창피하
게 느껴지던 태영이었다.

하지만 과거 자긴이 노가다를 시작했던 그때의 기쁨과 감
격은 잊을 수 없는 것.

정직하게 자신의 육제를 움직여 생활을 이룩해 내던 그때
의 감격이 떠올라 먹고사는 데 노가다를 한다 한들 나쁜 것이
없다 생각했다.

“하하하. 이거 참 웃기네. 결국 마음먹은 대로 모든 것은
변하는구나.”

태영은 한참을 그렇게 웃었다.

결국 태영이 전화를 건 곳은 함께 일했던 철근 반장의 번호
였다.

당장에 할 일이 없으니 전에 했던 일을 다시 하려고 했다.

"여보세요?"

"강 반장님? 저 강태영입니다."

다행이도 전화번호가 바뀌지는 않았는지 전화를 받으셨다.

"태영이? 오, 태영이 그래! 그동안 잘 지냈는가?"

강 반장은 태영의 전화에 아주 반갑게 반겨주었다.

"예, 저야 항상 잘 있지요. 다른 것이 아니라 혹시 아직도 일을 하시고 계세요?"

"그럼, 아직도 하고 있지, 왜 일을 하려고?"

태영은 아직도 일을 하고 있다는 말이 그렇게 반가울 수가 없었다.

"그럼요. 이제 서울에 왔으니 다시 일을 시작해야지요."

"그래, 언제부터 일을 할 수가 있는데?"

"저는 내일부터라도 상관이 없어요."

강 반장은 태영이 바로 일을 할 수 있다고 하니 잠시 무언가 생각을 하고는 다시 입을 열었다.

"음, 그러면 내일은 곤란하고 모레부터 일을 나오도록 해. 일당은 전과 동일하게 줄게."

태영은 강 반장의 대답을 들으며 조금은 이상하다는 느낌을 받았다.

"알겠습니다. 그러면 모레 어디로 가면 될까요?"

"내일 내가 다시 전화를 주지. 이 번호로 하면 되지?"

"예, 그렇게 해주세요, 반장님."

태영은 강 반장의 목소리가 힘이 없다는 생각이 들었다.

태영은 무슨 일인지는 모르지만 만약에 자신이 도움을 줄 수 있으면 강 반장에게 도움을 주고 싶었다.

태영이 그렇게 출근을 준비를 하고 있을 무렵 미영은 아버지로부터 태영이 다시 돌아왔다는 이야기를 듣고 있었다.

"아버지, 오빠가 왔다는 말이 사실이에요?"

"그래, 사실이다. 그런데 아직도 태영이에 대한 미련이 남아 있냐?"

"솔직히 아직 있지 못하고 있는 것은 사실이에요. 하지만 전에 보다는 다른 감정이에요."

"휴우, 내 솔직히 말하마. 태영이를 만났는데 너에 대한 생각은 눈곱만치도 없더라. 너만 태영이를 생각하고 있는 것 같은데 마음에 상처를 입지 않았으면 한다."

김 사범은 미영이가 마음에 상처를 입을 것이 가장 두려웠다.

미영은 아버지의 말을 들으며 자신도 모르게 입술을 깨물었다.

태영이 사실 자신에게 관심이 없는 것은 처음부터 알고 있었지만 그래도 오랜만에 왔으면 안부라도 물어볼 것이라고 생각했는데 아버지의 말을 들으니 자신에 대해서는 아예 잊고 있는 모양이었다.

솔직히 그런 이야기를 들으니 자존심이 상하기도 하고 기분이 더러웠지만 아버지 앞에서 내색을 할 수는 없었기에 참고 있었다.

'내가 어디가 어때서 관심이 없는 거야? 어디 가도 나만한 미모의 여성을 만나기가 쉬운지 알아? 정말 자존심 상해서 참을 수가 없네.'

미영은 내심 그렇게 생각을 하면서 태영을 만나면 절대 그냥 넘어가지 않겠다고 다짐을 하고 있었다.

자신이 한 일에 대해서는 생각지도 않고 모두 남의 탓으로만 돌리는 미영의 성격 때문이기도 하지만 문제는 문제였다.

과연 태영과 미영은 어떻게 될지가 앞으로 관심거리였다.

김 사범은 미영의 표정만 보아도 무슨 생각을 하고 있는지를 알 수 있을 정도로 딸에 대해서는 잘 알고 있었다.

그런 딸이 지금 인상을 쓰고 있은 것이 아마도 결코 좋은 일을 하려고 하는 것은 아니라는 생각이 들었다.

'무슨 생각을 하는지는 모르지만 태영은 이제 네가 생각하는 그런 남자가 아니란다.'

　태영이 선무도의 최고 어른에게 수련을 받았다는 것은 선무도의 총본에서도 그만큼 높은 곳이 있다는 이야기였다.

　그러니 전과 같은 그런 행동을 하면 이는 미영에게 오히려 좋지 않은 결과가 생길 수도 있었기 때문에 김 사범은 걱정이 되었다.

　자신과의 인연이 있으니 미영에게 해를 입히지는 않겠지만 그렇다고 더 이상 만만한 사람도 아니었기에 고민이 끊이질 않았다.

　미영은 태영을 다시 만날 생각을 하고 있었지만 김 사범이 태영이 살고 있는 곳에 대해서는 절대 알려주지 않으니 그녀로서는 알 수 없었다.

　도장에 놀러온다고 했으니 다음에 만나는 장소도 도장이라는 생각이 들어 미영은 작은 계획을 짜기 시작했다.

　과거에 태영과 같이 수련을 하던 사람들에게 태영이 살고 있는 주소를 알아내든지 아니면 전화번호를 알아내는 방법이었다.

　전번이야 쉽게 알려줄 수가 있으니 미영이 전화를 하여 만날 수가 있다고 판단을 한 것이다.

　"아버지가 방해를 해도 방법이 없는 것은 아니에요."

　미영은 태영을 반드시 만날 생각으로 계획을 짰고 김 사범은 만나지 않았으면 하는 생각을 하고 있었지만 앞날의 일은 아무도 모르는 일이었다.

＊　　　＊　　　＊

태영은 간 반장과 만나기로 한 장소에 도착하여 기다리고 있으니 마침 차가 도착을 하고 있었다.

강 반장은 차의 유리를 내리고는 태영을 보며 아주 반갑게 인사를 해주었다.

"어이, 태영이 이거 정말 오랜만이네. 어서 타라."

"예, 안녕하셨어요, 반장님."

태영은 차에 타고 이동을 하면서 가볍게 인사를 하게 되었다.

그렇게 말을 하면서 이동하니 어느 사이에 차는 현장에 도착했다.

강 반장의 말에 의하면 아직도 전에 일을 하던 분들이 남아 있다고 했다.

그 말에 태영은 처음부터 낯설지 않게 일을 시작할 수가 있다고 여겨 안심하였다.

사실 처음 보는 사람들과 함께 일을 하면 조금 불편한 것은 사실이었다.

사교성이 많이 좋아졌다곤 해도 여전히 낯선 이를 만나면 긴장하는 버릇이 남아 있는 것도 있으니 말이다.

게다가 자신이 일을 하는 스타일이 다른 사람들과 다를 수도 있으니 더욱 그랬다.

현장에 도착을 하여 아침을 먹고 바로 작업복으로 갈아입은 태영은 강 반장과 함께 현장으로 갔다.

모르는 얼굴들도 있었지만 아는 얼굴들도 있었기 때문에 아는 사람에게는 태영이 먼저 인사를 하였다.

그중 가장 반갑고 친숙한 얼굴이 보여 태영은 환한 미소와 함께 그에게 다가갔다.

이씨 아저씨였다.

"이씨 아저씨! 오랜만이네요."

"어?! 이게 누구야? 강철 인간 태영이 아냐! 이 너석아! 도대체 어디 가 있다가 온 거야?"

이씨는 태영을 보며 선에 강철 인간이라고 놀렸기에 그 별명을 아직도 기억을 하고 있었다.

"야, 이게 누구야? 태영이잖아? 다시 일을 하기로 한 거냐?"

"예, 오랜만이네요."

태영을 아는 사람들은 모두 반갑게 태영에게 인사를 해주었다.

태영은 바로 현장에 투입되었고 예전과 동일한 일을 하

였다.

그런데 태영이 열심히 일을 하는 것을 보고 있던 한 남자가 그런 태영을 보며 시비를 걸어왔다.

"어이 너 그렇게 일을 하면 다른 사람들은 놀고 있는지 알잖아?"

"무슨 말씀이세요?"

태영은 이해가 가지 않는다는 표정을 지으며 다시 물었다.

"혼자 그렇게 열나게 일하면 다른 사람들이 욕을 먹는다고 임마, 알아?"

남자는 태영의 나이가 자신보다 작다는 이야기를 들었는지 대뜸 욕을 하고 있었다.

태영은 노가다를 하는 사람끼리 싸우고 싶지가 않았는데 나이도 그리 차이가 나지 않은 사람에게 욕을 먹으니 기분이 별로였는지 인상을 썼다.

남자는 태영이 인상을 쓰자 대번에 입에서 욕이 튀어나왔다.

"이런 싸가지없는 자식이 어디서 인상을 쓰는 거야?"

태영은 인상을 쓰니 바로 걸걸한 욕을 하는 남자를 보고 그냥 조용히 넘어갈 수가 없었다.

"다시 말해봐. 뭐라고 했어?"

태영이 반말을 하면서 다가오니 남자도 그런 태영이 아니

꼬왔는지 대뜸 주먹이 날아왔다.

"이런 개새끼가 어디서 개기고 지랄이야."

남자의 주먹이 얼굴을 향해 날아오자 태영은 남자의 주먹을 손으로 가볍게 잡았다.

"나 이거 오랜만에 일하러 오니 별 거지같은 놈이 다 속을 썩이네. 죽을래?"

태영이 몸이 약했을 무렵, 그런 태영을 항상 비참하게 만들며 괴롭히던 아이들은 꼭 한둘 이상 존재를 했다.

그런 경험의 트라우마가 있기 때문에 태영은 그렇게 나오는 상대에 대해 과하게 분노하게 되는 성향이 없잖아 있었다.

더군다나 태영이 무예를 익히면서 대오 스님에게 배운 것은 실전에 필요한 것들이었는데 그중 하나가 바로 상대를 죽이겠다는 기세, 즉 살기였다.

그런 살기를 몸으로 뿜어내는 방법을 배운 태영은 살기를 남자에게 그대로 쏘아 내고 있었다.

물론 일반인이기 때문에 무인들에게 하는 것처럼 강하게는 하지 않았지만 약한 살기만으로도 남자는 그 위력에 어쩔 줄 몰라 했다.

남자는 갑자기 살기를 뿜으니 얼굴에 바로 공포가 가득한 표정을 지으며 다리를 덜덜 떨기 시작했다.

사람들은 태영이 공격을 하는 주먹을 잡고 인상을 쓰는 것

만으로도 상대를 떨게 만들었기에 오히려 신기한 눈빛을 하
며 보고 있었다.

"태영아, 그만하고 놓아주어라. 그 친구가 조금 거칠게 일
을 배워서 그래."

강 반장은 태영이 일을 그만두고 새롭게 사람들을 데리고
왔는데 이들이 조금 거칠어서 그동안 말로 타일러왔다고 했
다.

그런데 태영에게도 같은 행동을 벌이다 저런 모습을 보이
니 불쌍해 보여서 그만 두라고 한 것이다.

나이도 더 많은 놈이 어린 태영에게 당하니 사실 많이 창피
할 것이라는 생각도 들었고 말이다.

태영은 반장이 용서를 해주라는 말에 더 이상 살기를 뿜지
는 않았지만 눈가에는 아직도 살기가 남아 있어 당장에라도
상대를 죽일 듯한 서늘함이 흘렀다.

"당신, 조심하는 것이 좋을 거야. 다음에는 그냥 넘어가지
않을 거니 말이야."

태영의 말에 남자는 고개만 끄덕였다.

아직도 심장이 뛰는 것이 심한 공포를 느끼고 있어 보였다.

태영이 다시 일을 시작하자 남자는 잠시 쉬고 있다가 공포
심이 사라지자 나이도 어린놈에게 그런 공포심을 가졌다는
사실에 창피해서 그냥 넘어갈 수가 없었다.

비록 건달은 아니지만 그래도 양아치생활을 했을 정도로 남자도 제법 주먹의 세계를 알고 있었기 때문이다.

이대로 넘어가면 자신은 두 번 다시는 태영에게 태클을 걸지 못한다는 것을 알기에 주변을 살피며 무언가를 찾고 있었다.

남자의 주변에는 철근을 잘라놓은 것들이 많았기에 남자는 슬며시 작은 철근 덩어리를 집어 들었다.

하지만 태영은 남자가 이미 그런 행동을 할 것을 예상하고 있었기에 남자의 행동을 유심히 보고 있었다.

'이번에 공격을 하면 그냥 넘어가지는 않을 거야.'

태영은 현장에서 일을 하는 놈이니 병신을 만들지는 않겠지만 그렇다고 저런 놈을 그냥 둘 수는 없는 일이었다.

자신이 예전에 일하던 당시 화기애애한 분위기를 떠올린다면 남자의 저런 행동은 해가 될 뿐이었다.

결국 태영은 남자를 단단히 혼을 낼 생각을 하고 있었다.

태영이 그런 남자가 다가오는 것에도 모르고 일을 하는 척을 했다.

그러고 있으려니 남자가 어느 정도의 거리까지 다가와 이내 들고 있는 철근을 들어 올리며 태영이 있는 곳을 향해 달려들었다.

주변에는 그런 남자의 행동을 보고 있었던 사람들이 많았

기에 태영의 입장에서는 아주 좋은 정당방위를 만들 수가 있
게 되었다.

"죽어!"

남자는 죽으라고 소리를 지르며 철근을 휘둘렀지만 태영
은 남자의 손이 있는 철근을 가볍게 피하면서 다리로 남자의
손을 때렸다.

쉬이익!

퍼억!

"크아악!"

남자는 들고 있던 철근을 놓치고 있었는데 문제는 손목이
덜렁거리는 것이 아마도 부러진 것 같았다.

하지만 누구도 그런 남자를 동정하는 눈길은 없었다.

강 반장은 빠르게 비명을 지르는 남자가 있는 곳으로 달려
왔다.

"이 미친놈이 누구를 죽이려고 철근을 휘두르는 거야? 당
장 경찰에 신고해!"

현장이 커서 많은 사람들이 일을 하고 있었기에 남자가 하
는 행동을 지켜본 눈들이 많았다.

강 반장도 그중 한 명이었기 때문에 태영이 남자의 철근을
피하면서 발로 철근을 들고 있는 손목을 차는 것을 눈으로 보
았다.

강 반장만 그런 것이 아니라 많은 사람들이 모두 보았기 때문에 태영의 잘못이 아니라는 것은 모두가 알고 있었다.

강 반장의 고함 소리에 누군가가 경찰에 신고하였고 현장에는 때 아닌 소란이 생겨버렸다.

현장 사무실에는 갑자기 비명 소리에 직원이 급하게 달려왔다.

"무슨 일입니까? 사고예요?"

현장 사무실에서는 가장 두려워하는 것이 바로 사고였다.

강 반장은 그런 사무실 직원에게 사건에 대해 설명을 해주었다.

시간이 조금 지나자 경찰이 도착을 하였다.

경찰은 도착하자 이내 부상을 입은 남자를 보고는 빠르게 119를 불러 남자가 병원에 갈 수 있게 조치를 취했다.

물론 경찰이 동행한 깃은 물론이다.

한편, 태영은 경찰의 조사에 성실히 대답을 해주었다.

경찰은 태영의 말과 주변에 있는 증인들이 많았기 때문에 이번 사건은 부상을 입은 남자가 태영을 죽이려 철근을 휘두르는 상해미수 사건으로 결론내려졌다.

당연히 태영이 벌인 일은 정당방위로 잘 마무리가 되었음은 물론이다.

"그래도 잠시 가셔서 조서는 꾸며야 하니 함께 갑시다."

"반장님 저 잠시 경찰서에 갔다 와야겠습니다."

강 반장은 태영의 말에 고개를 끄덕였다.

"그래, 어여 갔다 와. 저런 미친놈과 일을 하고 있었다는 것이 정말 미안하네."

강 반장은 태영이 잘못을 한 것이 아니라는 것을 알기에 태영에게 미안하다는 말을 해주었다.

"아닙니다. 저 때문에 소란스러워졌으니 오히려 죄송하지요."

태영은 그렇게 말을 하고는 경찰차를 타고 경찰서로 가게 되었다.

태영이 떠나자 일꾼들은 저마다 수군거리기 시작했다.

"아니 그 미친놈은 왜 그런 거야?"

"내가 아냐? 갑자기 정신이 돌아버렸는지 철근을 들고 죽이려고 하다가 지가 당한 거잖아."

"그 태영인가 하는 친구 대단한데?"

일군들은 태영이 발로 차서 손목을 부러지게 하였다는 것에 솔직히 놀라고 있었다.

그러면서도 잘했다는 소리도 하고 있었다.

아마도 이번 현장에서 그 남자가 어지간히 패악질을 하고 있었던 모양이었다.

태영은 경찰서에 도착을 하여 조서를 꾸미고 있었다.

"그러니까? 그 김세영이가 철근을 들고 죽으라는 소리를 했다는 말이죠?"

"그렇습니다. 이미 증인들의 말을 모두 들으셨으니 아실 겁니다. 저는 일을 하고 있었는데 갑자기 뒤에서 죽으라는 소리를 치는 바람에 놀라 뒤를 보니 철근으로 저의 머리를 공격하고 있더라고요."

"김세영 씨가 철근으로 먼저 공격을 한 것은 이미 증인들의 이야기를 알겠는데 어떻게 발로 차서 손목을 부러지게 할 수가 있는 겁니까?"

"그거는 저도 모르겠습니다. 죽고 싶지 않다는 생각이 들면서 저도 모르게 발로 철근을 찬다고 찬 것이 손목이었습니다."

태영의 말을 들으니 경찰은 아마도 놀라서 방어를 한다고 한 것이 우연찮게 손목에 맞았고 철근의 무게도 있고 해서 그로 인해 손목이 부러진 것으로 사건을 처리하려 하고 있었다.

단지 김세영이 살인을 목적으로 철근을 휘둘렀다는 것이 문제였다.

경찰은 이 사건을 가볍게 처리를 하려고 했는데 증인들도 많고 실제로 죽이려고 행동을 하였기 때문에 사건이 조금은 복잡하게 변해 버렸다.

결국 김세영의 시인으로 충동살인을 목적으로 철근을 휘두른 것이 되었다.

경찰은 살인미수라는 사건이 되어 가볍게 처리할 수가 없게 되자 태영의 의사를 물었다.

"저는 법대로 처리를 해주기를 원합니다."

태영은 그런 놈은 법대로 처리를 하는 것이 가장 좋은 방법이라고 생각을 하였기에 하는 소리였다.

경찰도 자신을 죽이려고 하는 놈에게 용서하라는 말까진 할 수가 없었기에 고개만 끄덕였다.

"알겠습니다. 그렇게 처리를 하겠습니다. 나중에 혹시 모르니 다시 부를 수도 있습니다."

"부르면 바로 오겠습니다."

태영은 그렇게 경찰서를 나왔다.

다시 현장으로 가야 했는데 작업복을 입고 오는 바람에 차비도 없었기에 결국 전화를 걸었다.

드드드―

"태영이냐?"

"예, 반장님 제가 작업복을 입고 오는 바람에 차비가 없어서요. 저 좀 데리러 오시면 안 되겠습니까?"

"알았다. 지금 있는 곳이 경찰서 앞이야?"

"예, 그렇습니다."

“알았다. 조금만 기다리고 있어라.”

강 반장은 그렇게 대답을 하고는 전화를 끊었다.

이곳에 도착을 하며 어떻게 하였는지를 묻겠지만 전화로는 더 이상 묻지 않았다.

태영은 자신이 한 일에 대해 잠시 생각을 하게 되었다.

솔직히 그런 놈의 공격은 언제든지 피할 수 있는 실력을 가지고 있었지만 그냥 피하기만 해서는 안 된다는 생각이 들어 놈을 함정에 빠지게 하였던 것이다.

물론 자신의 감정이 상해서 이런 일을 한 것이지만 후회는 되지 않았다.

“그런 놈은 언제라도 남에게 해를 입힐 놈이니 그렇게 처리하는 것이 좋아. 사람이 자신의 잘못을 인정하고 반성을 하는 사람도 있겠지만 그놈처럼 죄를 지어도 잘못을 느끼지 못히는 놈도 있으니 말이야.”

태영은 그렇게 결론을 내리고 자신에게 피해를 주려고 하며 절대 용서를 하지 않겠다고 내심 다짐을 하고 있었다.

자신에게 까불면 절대 그냥 두지 않을 생각을 하게 된 것이다.

태영이 이런저런 생각을 정리하고 있을 때 강 반장의 차가 경찰서 앞으로 도착하였다.

"타라."

태영은 군소리없이 바로 차에 올랐다.

현장을 향해 가는 차 안에는 강 반장이 태영을 보고 먼저 입을 열었다.

"그놈은 어떻게 하기로 했냐?"

"경찰에서는 살인미수로 처리를 할 생각인 것 같습니다. 실제로 저를 죽이려고 하였고 증인들도 많아서 어쩔 수가 없다고 하네요."

태영의 대답에 강 반장은 한숨만 쉬었다.

자신이 데리고 있던 놈이 살인미수로 감방에 가게 생겼으니 기분이 좋을 수가 없었다.

"휴우, 어쩔 수 없지. 그런데 너는 다친 곳은 없냐?"

"예, 저는 다행이 다친 곳은 없네요."

"그럼 되었다."

강 반장은 더 이상 이야기를 하지 않았다.

이미 사건을 벌어졌고 태영을 죽이려고 한 것도 사실이었기에 더 이상 말을 해봐야 태영을 곤란하게 만들 뿐이었다.

태영은 다시 현장에 도착하여 일을 시작하였지만 아까와 같이 태영에게 시비를 걸려는 사람은 없었다.

태영은 그렇게 일을 재개했다.

아침마다 강 반장이 태영을 태우고 다녀서 태영의 입장에서는 아주 편하게 출근이 되었다.

태영은 강 반장과 함께 다니다가 강 반장이 전에 자신이 생각한대로 이상한 점에 대해서 알게 되었다.

"손녀가 아직 어리지 않나요?"

"어리지. 이제 네 살이니 말이야."

"그런데 아직도 병원에서는 원인을 모르겠다고만 한다는 말이에요?"

"그래, 큰 병원인데도 모르겠다고 하니 미칠 지경이다."

태영은 강 반장의 손녀가 아파 지금 병원에 입원했지만 문제는 병원에서도 병명을 모르고 있다는 것에 이상하다는 생각이 들었다.

현대의 병원은 어지간한 병에 대해서는 모르는 것이 없다고 생각했는데 아직도 모르는 병명들이 있다는 것이 태영의 호기심을 자극하고 있었다.

"선기공에는 병을 치료하는 기술이 있는데 이를 내가치료술이라고 한다. 내가 치료술은 자신의 몸이나 타인의 몸에 내기를 이용하여 치료를 하는 것으로 사실 상당히 고차원의 치료술이라고 할 수가 있지. 그렇다고 암을 치료한다는 것은 아니지만 어지간한 병은 내기를 이용하여 치료를 할 수가 있다는 이야기이니 오해는 하지 마라."

　무예를 배우면서 부상을 입으면 어떻게 하냐고 태영이 스승에게 질문을 했을 때 스승이 웃으면서 알려준 치료법이 문득 머릿속에 떠올랐다.

　태영은 강 반장의 손녀를 상대로 내기 치료술을 하면 어떨까라는 생각을 하게 되었다.

　혹시나 자신의 내기로 치료를 할 수 있다면 치료를 해주고 싶었다.

　하지만 자신이 그런 내기를 가지고 있다는 이야기를 강 반장에게 할 수는 없었기에 손녀가 입원한 병원과 병실에 대해서만 알아낼 수가 있었다.

　시간이 나면 병원으로 가서 직접 치료를 해보기 위해서였다.

　아직 태영이 기를 이용하여 치료를 해본 적은 없지만 스승의 말에 의하면 내기로 많은 사람들을 살려주었다는 이야기를 들었기에 결코 나쁘지는 않을 것이라는 생각이 들었다.

　'그래, 몰래 가서 치료를 해보고 결과가 좋으면 상관이 없는 거지.'

　태영은 그렇게 좋게 생각하기로 하고는 시간이 나기를 기다렸다.

　태영이 기다리던 날은 금방 생겼는데 밤 사이에 내린 비가 아침까지 멈추지 않고 내리는 바람에 오늘은 일을 쉬게 되었다.

"노는 날이니 오늘 가면 되겠다."

태영은 강 반장의 손녀가 입원을 하고 있다는 병원으로 갔다.

가기 전에 방에서 충분히 운기를 하였고 내기를 얼마나 사용해야 하는지는 모르지만 치료를 하는 동안 부족하지 않게 충분히 운기를 하고 가는 중이었다.

한솔병원의 입구에 도착한 태영은 손녀가 입원을 한 병실로 조용히 올라갔다.

손녀의 부모님은 맞벌이를 하는 바람에 손녀의 간호는 야간에만 한다는 소리를 들었기에 아침에는 아무도 없을 것이라는 판단에 오게 된 것이다.

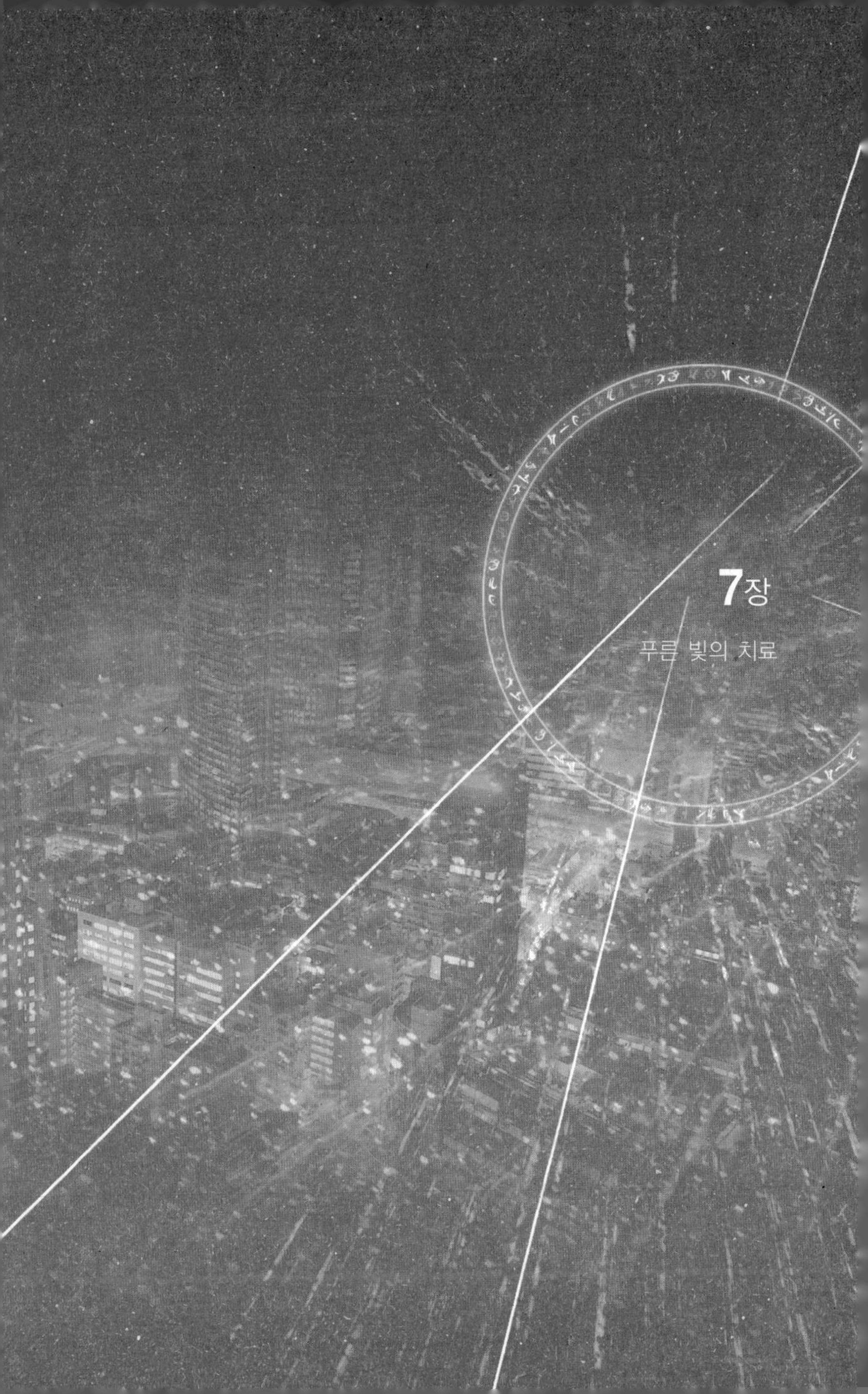
7장
푸른 빛의 치료

까불지마!

손녀가 있는 병실은 사인실이었지만 병실에 있는 사람들의 성격이 좋지 않은지 모두 커텐을 치고 있어 태영에게는 오히려 도움을 주었다.

"이름이 강지연이라고 했지?"

태영은 강 반장의 손녀가 있는 곳에 도착을 하자 지연이라는 이름이 있는 침대를 찾았다.

지연이는 가장 처음에 있는 침대에 지금 자고 있는 곤히 잠이 들어 있었다.

태영은 지금이 가장 좋은 기회라고 생각이 들어 지연의 손목을 잡고 내기를 이용하여 지연의 몸을 살피기 시작했다.

지연의 몸을 살피려고 내기를 보내니 태영의 몸에 있던 푸른 빛들이 지연의 몸속으로 급속히 빨려 들어가고 있었다.

태영은 갑자기 일어난 일에 놀랍기도 했고 당황스럽기도 했지만 지연의 얼굴이 편안한 것을 보고는 아기에게 나쁜 것은 아니라는 생각이 들었다.

'우선은 푸른 빛이 아이에게 해를 입히는 것은 아닌 것 같으니 그대로 두고 보자.'

푸른 빛은 태영의 생각대로 아이의 몸속에 들어가서 아이가 아파하는 곳을 치료하고 있었다.

태영이 가지고 있는 푸른 빛은 놀라운 기능을 가지고 있었는데 그것은 바로 치유의 힘이었다.

지연이 아파하지 않게 하면서 은밀히 아이의 몸을 치료하고 있는 모습이 그 증거라 할 수 있었다.

태영은 푸른 빛이 하고 있는 것들을 눈으로 확인하지는 못하지만 느낌으로 알 수가 있었다.

비록 아이의 몸속에 들어가기는 했지만 푸른 빛은 자신의 것이기 때문에 그 움직임을 태영은 몸으로 느끼고 있었다.

푸른 빛은 천천히 아이에게 해가 가지 않게 치료를 하고 있었기에 지연이 아주 곤하게 잠을 잘 수가 있었던 것이다.

태영은 지연을 치료하면서 서서히 기가 딸린다는 생각이

들어서 오늘은 치료를 그만 두기로 마음을 먹었다.

푸른 빛은 그런 태영의 마음을 아는지 아이의 몸속에서 빠르게 빠져 나와 태영의 몸으로 흡수가 되고 있었는데 문제는 푸른 빛의 농도가 많이 약해져 있었다.

'음, 치료를 하게 되면 푸른 빛이 약하게 되네? 그러면 진할수록 치료를 빨리 할 수가 있다는 건가?'

태영은 푸른 빛이 아이의 몸속으로 들어갈 때와는 다르게 나올 때는 농도가 상당히 약해져 있는 것을 보고는 빛의 농도가 아이를 치료하는 것으로 생각했다.

그리고 모든 치료가 끝나지는 않았지만 스승의 말대로 어지간한 병은 치료를 할 수가 있다는 확신이 들었다.

병원에는 다행히 아직 아무도 오지 않아 태영은 지연을 보며 입가에 미소를 지으며 갈 수가 있었다.

아직 완치는 아니지만 어제와는 다르게 아프다는 소리는 하지 않을 것이라는 생각이 들어서였다.

푸른 빛이 치료를 하는 것이 얼마나 되는지에 대해서는 태영도 자세히는 모르지만 그 느낌으로 볼 때 지연에게는 충분히 효과를 보고 있다는 확신이 들었다.

"후후후, 강 반장님 오늘 쉬시니 오시는 것으로 아는데 오시면 기절하시겠네."

태영은 그렇게 웃으면서 조용히 사라졌다.

태영이 사라지고 태영의 예측대로 강 반장이 가장 먼저 병원에 도착을 했다.

지연이는 입원을 했지만 아직 병명도 모르고 있어서 병원비가 장난 아니게 많이 들고 있어 솔직히 간병인을 두고 있을 형편이 아니었다.

아직 나이가 어리기 때문에 특별한 간병인이 없이 간호사들이 식사에 대해서는 신경을 써주고 있어 부모들이 일을 마치고 와야 지연이를 간병할 수 있었다.

그런 어려운 상황을 알기에 태영이 몰래 와서 치료를 해준 것이기도 했다.

강 반장은 자고 있는 지연의 얼굴을 보면서 조금은 이상함을 느꼈다.

전에는 자면서도 인상을 썼는데 지금은 아주 편안해 보였기 때문이다.

"무슨 좋은 꿈을 꾸고 있는 건가? 오늘은 인상을 쓰지 않고 아주 편안한 모습으로 자고 있네?"

강 반장은 손녀인 지연이가 편안한 모습을 보여주니 자신도 기분이 좋았다.

강 반장은 슬며시 손녀의 손을 잡아 주었다.

잠에서 깨지 말라고 아주 조심스럽게 손을 잡았는데 손녀를 잠에서 깨버렸다.

"우웅… 할아버지."

"그래, 우리 지연이 이제 일어났니?"

"웅……."

지연이는 대답을 하면서도 무언가 이상하다는 듯이 눈동자를 굴리고 있었다.

자신은 잠에서 깨어나면 분명히 몸이 아파야 정상인데 오늘은 이상하게 아프지 않아서였다.

"할아버지, 오늘은 이상하게 몸이 안 아파."

지연은 이상하다는 듯이 자신의 몸을 여기저기 만지면서 이야기를 했고 강 반장은 그런 지연의 말에 깜짝 놀라고 말았다.

처음으로 아프지 않는다는 소리를 하였고 오늘 보니 진짜로 아프지 않는 것 같아 보여서였다.

"지연아, 진짜로 안 아파?"

"웅, 지연이 안 아파, 할아버지."

지연의 대답에 강 반장은 바로 간호사를 불렀다.

"간호사 여기 좀 와봐요."

강 반장의 호들갑에 간호사는 빠르게 달려왔다.

"무슨 일이세요?"

"의사 선생님 좀 불러줘요. 우리 지연이가 오늘은 아프지 않는다고 하니 이상해요."

강 반장은 갑자기 아프지 않는다고 하니 혹시나 하는 마음에 의사를 부르라고 한 것이다.

간호사도 강 반장의 생각과 같은지 지연을 보며 물었다.

"지연이 오늘은 진짜 아프지 않아?"

"네에, 지연이 안 아파요."

지연이가 전에는 발음도 어눌했는데 오늘은 그렇지가 않으니 간호사도 놀라는 얼굴을 하며 급하게 나갔다.

환자들 중에 죽을 때가 되어 갑자기 정신을 차리고 하고 싶은 말을 모두 하고는 조용히 눈을 감는 경우가 종종 있었기 때문이다.

지연이 때문에 간호사의 호출로 인해 담당의사는 급히 달려오게 되었다.

"무슨 일이에요?"

"선생님 지연이가 오늘은 아프지 않는다고 하면서 발음도 정확하게 하네요."

"그래요?"

의사는 급하게 지연이 있는 병실로 갔다.

담당의사라서가 아니라 지연의 상태는 병원에서도 관심을 가지고 있었기 때문에 병원의 입장에서는 아주 중요한 환자였다.

의사가 오자 강 반장은 불안한 마음으로 물었다.

"선생님, 우리 지연이 좀 봐주세요."

"잠시만요. 진정하세요."

의사는 지연의 얼굴을 보며 질문을 하기 시작했다.

"지연이 잘 잤니?"

"예, 정말 잘 잤어요. 선생님."

지연의 말이 전과는 다르게 아주 정확하게 발음을 하고 있어 의사도 놀라고 있었다.

어제까지만 해도 발음이 약간 어눌하게 하였는데 오늘은 전혀 그런 느낌이 들지 않았기 때문이다.

"자, 우리 지연이 잠시 진찰을 해보자."

의사는 청진기를 이용히여 지연을 간단하게 검사하기 시작했다.

하지만 세포에 문제가 있던 지연의 문제를 청진기로 검사를 한다고 해서 문제점을 찾을 수는 없는 일이었다.

"지금 몸에는 크게 이상이 없는 것 같으니 우선 조직 검사를 해봐야 알 수가 있습니다."

"네에? 또 검사를 해야 한다고요?"

강 반장은 그놈의 검사를 한다고 얼마나 많은 돈이 들었는지를 알기에 하는 소리였다.

지연의 치료를 위해 수많은 검사를 했지만 병명도 알아내지 못하고 있는데 다시 검사를 하자고 하니 화가 난 것이다.

의사는 그런 강 반장의 입장을 충분히 이해는 하지만 자신도 어쩔 수 없었다.

"지금 지연이 무슨 이유로 이러는 것인지를 먼저 밝혀내야 합니다."

의사는 강 반장에게 우선 그렇게 설명을 하고는 황급히 자리를 떠났다.

이 문제는 자신이 혼자 결정을 할 문제가 아니었기 때문이다.

한솔병원에서는 지연의 문제로 갑자기 의사들이 모여 회의를 하게 되었다.

"아니, 이게 무슨 소리요? 환자가 갑자기 건강해졌다는 것이 말이요?"

"아직 정확한 것은 모르지만 조직검사를 해봐야 알 수가 있을 것 같습니다."

"아니 조직 검사야 매번 하면서도 병명을 찾지 못하고 있는 것이 아니요."

원장의 말에 의사들도 대답을 하지 못하고 있었다.

지연의 병은 이들도 처음 보는 그런 병이었기 때문이다.

세포가 수시로 변해가는 것은 이들도 처음 보는 일이었기 때문이다.

"지금 지연이가 갑자기 건강을 찾은 것은 제가 생각하기로는 세포가 또다시 변이를 하여 일어난 일이라고 생각이 듭니다."

"그놈의 세포의 변이는 수시로 일어나는 일입니까?"

"다른 이유는 없으니 그렇게 말한 것입니다. 원장님."

"휴우, 내 의사 생활이 삼십 년 동안 이런 환자는 처음이오."

원장의 말에 다른 의사들도 마찬가지의 입장인지 고개를 끄덕이고 있었다.

결국 검사를 하려면 보호자의 동의를 받아야 하는데 그동안 자신들이 검사를 한다고 얼마나 많은 병원비가 들었는지에 대해서는 누구도 말을 하는 사람은 없었다.

"어떻게 하였으면 좋겠소?"

"마지막이라고 생각하고 정밀 검사를 하는 것이 좋을 것 같습니다. 그리고 이번 검사는 환자의 보호자가 부담을 하는 것이 아니라 우리 병원에서 부담하면 어떻겠습니까?"

담당 의사는 환자의 보호자가 그동안 돈 때문에 얼마나 고생을 하였는지를 알기에 보호자가 부담을 하는 검사라고 하면 아마도 절대로 하지 않을 것이라는 생각이 들어 하는 소리였다.

그리고 솔직히 지연의 병에 대해 연구를 하고 싶은 마음이
있기도 했고 말이다.

만약에 지연의 병에 대해 확실히 알게 되어 학계에 발표를
하게 되면 이는 노벨상을 받을 수 있는 커다란 기회라 여겼
다.

"환자의 보호자가 부담을 하는 것이 아니라 병원에서 부담
을 하자는 말이오?"

"그렇습니다. 그렇게 하면 우리 병원에는 두 가지의 좋은
점이 있습니다."

"두 가지나 좋은 점이 있다고요?"

"그렇습니다. 첫째는 환자를 생각하여 병원에서 검사비를
대신 내주었다는 것을 환자들에게 어필을 할 수 있다는 것이
고 다른 이유는 지연의 병명을 밝히게 되면 우리 병원은 그만
큼 실력이 있는 의사들이 있는 것을 사방에 알리는 일이기 때
문입니다."

원장은 듣고 보니 나쁘지 않은 것 같았는지 심각하게 고민
을 하게 되었다.

지연의 검사비는 적지 않는 돈이 들었기 때문이다.

한참을 생각에 빠져 있던 원장이 결론을 내렸는지 고개를
들어 의사들을 보았다.

"좋소. 이번에는 우리 병원에서 검사비를 내도록 합시다."

　원장의 허락에 담당의는 깊숙이 고개를 숙이며 감사의 인사를 했다.

"감사합니다. 어려운 결정을 내리셨습니다, 원장님."

의사들의 결정은 바로 병원에 소문이 나기 시작했다.

이는 담당의가 간호사들을 동원하여 일부러 소문이 나게 하였기 때문이다.

이런 소문은 크게 나는 것이 오히려 도움이 된다고 생각을 하여 개인적인 자금을 동원하여 소문을 낸 것이었다.

지연의 검사는 그렇게 진행이 되었지만 검사 내용은 전과 동일하게 아무것도 나온 것이 없어 의사들을 허탈하게 만들었다.

다만 병원에서 검사비를 지원해주었다는 소문 때문에 다른 환자들이 더 많이 병원을 찾는다는 것이 그나마 조금은 위안이 되었지만 말이다.

강 반장은 다시 검사를 하였지만 결과는 아무 것도 나온 것이 없자 지연의 부모에게 퇴원을 언급했다.

"너는 어떻게 생각하느냐?"

"아버지 말씀도 일 리는 있다고 봅니다. 지금까지 병원에 있으면서 지연이 왜 아픈지에 대해서도 모르는 병원에 대해서 솔직히 실망을 하기도 했고 말입니다. 저도 동의합니다."

지연의 아버지가 퇴원에 동의를 하자 강 반장은 이제 지연
의 엄마를 보았다.

"너는 어떠냐?"

"저도 지연이 때문에 더 이상 이 병원에 있는 것에는 반대
예요."

결국 퇴원에 찬성한다는 소리였다.

세 사람이 의견이 일치가 되자 강 반장은 하루라도 빨리 지
연이를 퇴원시키고 싶었기에 바로 의사를 찾았다.

"간호사, 여기 의사 좀 불러줘요."

"무슨 일 때문에 그러세요?"

"오늘부로 우리 지연이를 퇴원시키려고 합니다."

간호사는 병원의 관심 환자인 지연이를 퇴원시킨다는 말
에 깜짝 놀란 얼굴을 하고는 강 반장을 보았다.

"보호자분, 환자는 매우 좋지 않은 상태입니다. 그런 환자
를 퇴원시킨다는 것은 환자를 죽으라는 말입니다."

"나는 그렇게 생각지 않으니 당장 의사를 오라고 하시오.
아니면 이대로 그냥 퇴원할 것이니 말이오."

강 반장이 강압적으로 말을 하니 간호사는 더 이상 설득이
필요하지 않다는 것을 깨닫고는 바로 의사에게 연락을 취했
다.

"선생님, 지연이 보호자분께서 퇴원을 원하고 있습니다.

어서 여기로 와주셔야겠습니다.”

“아니, 그 보호자는 미쳤답니까? 아픈 환자를 어떻게 퇴원을 하겠다는 겁니까?”

“저도 모르니 오셔서 이야기를 해보세요.”

간호사는 자신으로선 어떻게 해도 되지 않으니 의사가 직접 와서 설득을 하라는 소리였다.

간호사의 말에 의사는 빠르게 달려오게 되었다.

간호사에게 화를 낼 수도 없었기 때문이다.

지연이 있는 병실에는 지연의 어머니가 퇴원을 위한 준비를 하고 있는 중이었다.

그때 의사가 도착하였고 의사는 지연의 보호자들을 보며 화를 내고 있었다.

“아니, 아픈 환자를 어떻게 퇴원을 시킨다는 말입니까?”

강 반장은 의사가 하는 소리를 들으며 콧방귀를 뀌고 말았다.

“이것 보세요. 의사 양반! 내가 이 병원에 가져다 바친 돈이 얼마인지 알고 그런 소리를 하는 거요?”

강 반장이 화는 났지만 의사들도 최선을 다해 치료를 하려고 하였다는 것을 알기에 최대한 자제를 하며 말을 하고 있었다.

하지만 의사는 지연의 병명에 대해서만 신경을 쓰고 있었기에 강 반장의 말에는 신경도 쓰지 않았다.

"지금 돈이 문제입니까? 아픈 환자를 데리고 가겠다니 말이 되는 소립니까?"

"우리는 더 이상 돈이 없어 입원을 시킬 수도 없으니 그만 퇴원을 하겠다는 거요. 무슨 문제 있소?"

강 반장은 병원에서 모든 비용을 지불을 하겠다면 있을 수도 있지만 그렇지 않으면 퇴원을 하겠다는 소리였다.

의사도 바로는 아니기 때문에 강 반장이 하는 소리가 무슨 뜻인지는 알아들었다.

의사는 속으로 화가 났지만 지금 이곳은 병실이었고 다른 환자들도 보고 있으니 좋게 해결을 보려고 하였다.

"아무리 그래도 저는 절대 찬성을 할 수 없습니다."

"의사 양반이 찬성을 하지 않는다고 가지 못하는 것은 아니니 걱정하지 마쇼. 준비가 되었으면 가자."

지연의 어머니는 짐을 챙겼고 아버지는 지연을 안았다.

지연의 가족들이 그렇게 나가려고 하니 의사는 미칠 지경이었다.

병원비가 없어 더 이상 있을 수가 없다는 가족들의 말에 병원에서 잡을 수가 없었기 때문이다.

그렇다고 병원비를 대신 내주겠다고 할 수는 없는 일이었기에 의사는 미치고 환장할 일이었다.

의사가 아무리 막으려고 해도 결국 지연은 퇴원하게 되었고 원무과에 입원비와 다른 비용에 대해서는 모두 지불을 하고 집으로 가기로 했다.

태영은 지연이 퇴원을 하는 것도 모른 채 열심히 운기하고 있었다.

지연의 치료에 제법 많은 내기를 소모하였기 때문에 당분간은 운기를 하여 기를 보충하는 수밖에는 없었다.

태영이 운기를 하는 곳은 관악산이었는데 이는 도시에서 하는 운기보다는 산에서 하는 것이 많은 기를 모은다는 사실을 알고 있어서였다.

관악산이 비록 서울의 중심이 있기는 하지만 그 안으로 들이기면 제법 충만한 자연의 기운들이 있는 곳이 많이 있었다.

태영은 그런 장소를 찾아 열심히 운기를 하고 있었다.

'확실히 운기를 하면 부족한 만큼 기를 흡수하고 있다. 저번에도 느낀 것이지만 내기는 한 번에 많이 느는 것이 아니라 조금씩 늘어나고 있다.'

태영은 이번에 지연이를 치료하며 상당한 양의 내기를 잃었다.

하지만 다시 운기를 하면서 잃었던 내기를 다시 채울 수가 있었다.

그리고 더 좋은 것은 전보다는 내기의 양이 조금이지만 더 늘었다는 것이다.

좋은 일도 하고 내기도 느니 태영의 입장에서는 아주 유쾌한 일이었다.

한참의 운기를 마치고 태영의 자신의 집으로 갔다.

내일도 비가 오면 내일도 쉬는 날이기 때문에 지연의 치료를 한 번 더 할 생각이었다.

강 반장에게 도움을 주고 자신에게도 이득이 되는 일이니 서로에게 도움이 되는 일이었다.

"강 반장님에게 전화나 해봐야겠다."

태영은 그렇게 생각을 하고는 바로 전화를 했다.

"여보세요?"

"반장님, 저 태영입니다."

"어, 그래! 무슨 일이야?"

강 반장은 무언가 좋은 일이 있는지 목소리가 아주 밝아 보였다.

"무슨 좋은 일이 있습니까? 목소리가 좋네요."

"좋은 일이 생겼지 전에 이야기 한 우리 손녀가 오늘 퇴원을 했거든! 몸도 아프지 않아서 좋고 더 이상 병원비를 내지 않아서 좋네."

태영은 지연이 퇴원을 하였다는 소리에 깜짝 놀랐다.

　병원에 있을 때는 쉽게 치료를 할 수가 있었지만 집에 있다면 치료하기가 어려웠기 때문이다.

　태영의 이런 마음을 모르는 강 반장은 갑자기 말이 없자 이상하게 생각이 들었는지 다급하게 물었다.

　"무슨 일이 있나?"

　"아니요. 저에게 무슨 일이 있겠습니까."

　"그런데 무슨 일인가?"

　"예, 내일은 일을 하는지 궁금해서 이렇게 전화를 드렸습니다."

　"아직까지 비가 오고 있으니 내일까지는 쉬고 있어."

　강 반장은 비가 오니 내일까지는 쉬자고 하였다.

　사실 비가 많이 오고 나면 철근 일을 하기가 조금 어려웠다.

　철근에 비가 그대로 남아 있어 들기도 불편하고 일을 하는 사람들도 불편했기 때문이다.

　"알겠습니다. 그러면 내일은 반장님 댁에나 놀러가야겠네요."

　"응? 우리 집에 온다고?"

　"예, 저는 한가하니 손녀인 지연이 얼굴이나 한 번 보려고요."

　강 반장은 손녀에 대한 이야기를 태영에게 해주었기 때문

에 오려고 한다는 생각이 들었지만 온다고 하는 태영을 두고
오지 말라고 할 수도 없는 일이었다.

"그래, 그러면 내일은 우리 집에 와서 나하고 술이나 한잔
하세."

"알았습니다. 그러면 내일 뵐게요."

태영이 가려는 이유는 지연의 치료 때문이었다.

강 반장이 집에 있으니 자신이 놀러간다는 핑계로 갈 수가
있었기 때문이다.

다음 날 태영은 빠르게 강 반장이 살고 있는 집으로 향했
다.

띵동!

"누구세요?"

안에서는 강 반장의 목소리가 들렸다.

"반장님 저 태영입니다."

태영의 대답에 강 반장은 문을 열었다.

"참 빨리도 왔다. 밥은 먹고 오는 거여?"

"에이, 오늘은 반장님 집으로 놀러 오는데 무슨 밥입니까.
여기서 먹으려고 그냥 왔지요."

강 반장은 태영의 넉살에 웃고 말았다.

"잠시 기다려봐. 나하고 같이 식사나 하자고."

강 반장은 식사를 준비하기 위해 움직였고 태영은 강 반장이 살고 있는 집을 구경하며 시간을 보냈다.

지연을 치료하려면 아직 시간이 있기 때문에 강 반장과 술을 마시는 것이 가장 좋은 방법이었다.

강 반장이 나이가 있어 술을 마시면 잠을 자기 때문에 세운 계획이었다.

손녀가 아프지 않게 되니 마음을 놓았을 것이라는 계산하고 온 것이다.

강 반장은 빠르게 밥을 준비하였고 태영은 그런 강 반장과 함께 식사를 하게 되었다.

"반장님, 그런데 손녀는 어디에 있어요?"

"우리 손녀 아직 자고 있디네. 퇴원을 해서 그런지 아니면 집에 와서 그런지 깊은 잠에 빠져 있네."

강 반장은 손녀인 지연이가 고통스러운 얼굴을 하지 않는 것만으로도 감시히다고 생각하고 있었다.

손녀가 아파 고통스러운 얼굴을 하는 모습은 정말이지, 보고 싶지가 않았다.

"그런데 병원은 왜 퇴원을 하신 거예요?"

"전에 내가 이야기를 했지. 의사 놈들이 검사를 한다고 하면서 돈만 가지고 갔지 병명도 알아내지 못했다고?"

"예, 그렇게 말씀하셨어요."

"그래, 어제 내가 병원에 가게 되었는데 우리 손녀가 아프지 않다고 하는 것이 아닌가? 나는 그 말을 듣고 솔직히 가슴이 철렁하였다네. 왜 사람이 죽기 전에 이상하게 힘이 난다는 말이 있지 않나. 나는 우리 손녀가 그런 상황이 아닌지라는 생각이 들어 바로 의사를 불렀지. 그리고 어제 또 검사를 했는데 결국은 병명도 알아내지 못하고 말았네. 손녀 때문에 나가는 병원비도 만만치 않았지만 나는 무엇보다도 병원의 의사 놈들을 믿질 못하겠더라고. 그래서 아프지 않는다는 것에 퇴원하기로 결정을 보았네. 손녀가 설사 죽는다고 해도 병원에서 죽게 할 수는 없잖은가. 그 가여운 것을."

강 반장은 지연이 죽을지도 모른다는 생각을 항상 하고 있었고 이를 위한 마음의 준비를 하고 있던 모양이었다.

가족의 죽음을 상상한다는 것은 그리 좋은 일은 아니었다.

하지만 준비도 하지 않은 채 당하는 것보다는 현명한 방법이란 생각이 드는 태영이었다.

강 반장은 슬픈 표정을 지으며 손녀가 잠을 자고 방을 보고 있었다.

"내가 살아야 얼마나 살겠는가? 할아버지가 되어서 손녀를 먼저 보낼 수는 없는 일이 아닌가? 그래서 병원에서 병명을 알아내지 못해도 입원을 시켜두었는데 이번에 손녀가 안 아프다는 소리를 듣고 나서 순간적이지만 많은 생각을 하게 되었다네. 결국 아들 내외에게 이야기를 하여 퇴원을 하기로 결정을 보았지. 죽어도 집에서 죽게 하려고 말이야.”

지연의 병원비 때문에 강 반장과 아들 부부는 상당한 빚을 지고 있었다.

더 이상 빚을 지게 되면 아마도 지연이 죽고 나면 이들 가족들도 죽을 수밖에 없을지도 모를 정도였다.

태영은 강 반장에게 많은 이야기를 들었고 강 반장이 얼마나 힘들게 살고 있는지를 알았다.

아침부터 이런 이야기를 하니 태영은 미안한 마음이 들었다.

“반장님, 오랜만에 저하고 술이나 한잔 하시지요.”

“그래, 오늘은 술을 마시고 싶으니 그렇게 하세.”

강 반장이 허락을 하자 태영은 바로 자리에서 일어났다.

“나가려고?”

“예, 제가 가서 사오겠습니다.”

“그럴 필요 없으니 앉게.”

강 반장은 그렇게 말을 하고는 냉장고의 문을 열어서 그 안에 있는 소주를 꺼냈다.

소주를 한 병만 꺼내는 것이 아니라 세 병을 꺼내고 있었
다.

"아직 술은 많이 있으니 그냥 마시기만 하면 되네."

아마도 그동안 마음이 아프니 술로 진정을 시키고 있었던
모양이었다.

태영은 그런 강 반장을 보며 속으로 반드시 지연이를 치료
해주겠다고 약속을 했다.

'반장님 내가 꼭 지연이를 치료해 드릴게요.'

"자, 받게 안주는 원래 밥 안주가 최고여."

"예, 반장님."

강 반장은 작은 잔에 술을 주는 것이 아니라 현장에서 마시
는 그대로 큰 컵에 술을 따라주었다.

현장에서는 급하게 마셔야 하기 때문에 잔을 들고 마실
수가 없어서 거의가 다 종이컵을 이용하여 술을 따라 마셨
다.

태영은 반장이 주는 술을 받아 강 반장과 건배를 하고는 단
숨이 마셔버렸다.

"크윽! 좋다."

"허허허, 아주 시원하게 마시는구먼그래."

"제가 한 술 합니다, 반장님."

태영은 강 반장의 기분을 조금이라도 좋게 하려고 농담을

하기도 했다.

　둘은 그렇게 술을 마셨고 내기를 가지고 있는 태영과는 다르게 강 반장의 눈에는 서서히 술기운이 담기기 시작했다.

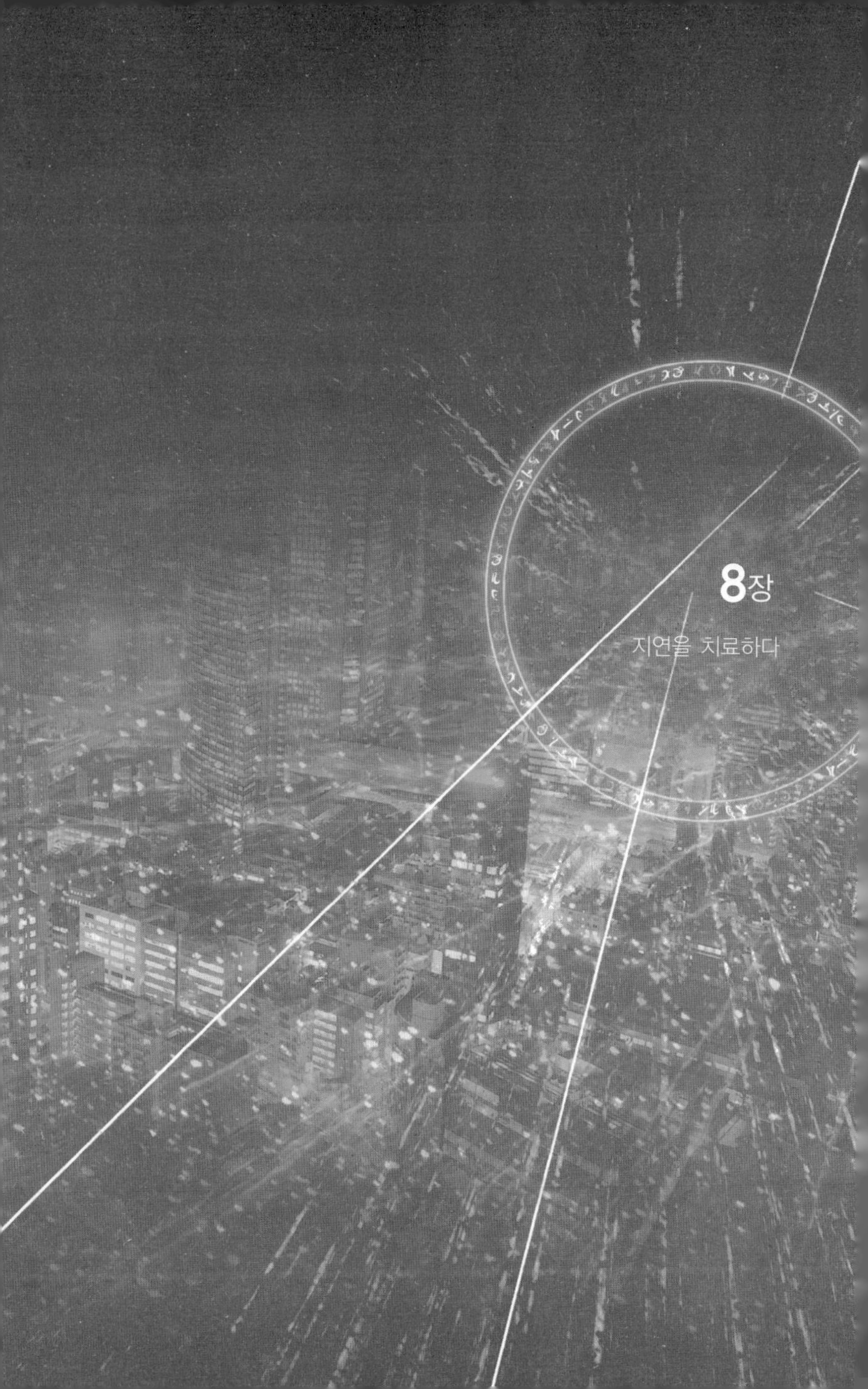

8장
지연을 치료하다

까불지마!

　태영은 반장과 술을 마서 재우고는 바로 지연이 있는 방으로 갔다.

　지연이가 무슨 이유로 잠을 이리 오래 자고 있는지는 모르지만 잠을 많이 잔다고 해서 좋은 것은 아니었다.

　태영이 방문을 열고 안으로 들어가니 지연이 이미 잠에서 깨어 있는 것이 아닌가?

　"웅? 니가 지연이니?"

　"네에, 그런데 아저씨는 누구세요?"

　지연이는 자신이 자고 있는 방을 다시 확인을 하기 위해 그런지 방을 둘러보며 물었다.

"아저씨는 할아버지와 같이 일을 하는 사람이야. 지연이를 하도 자랑하시기에 얼굴을 보러 왔지."

태영은 지연의 귀여운 얼굴을 보며 웃으면서 대답을 해주었다.

지연이는 할아버지가 아는 사람이라고 하니 안심이 되는지 얼굴이 조금은 편해졌다.

"할아버지는 어디에 계세요?"

"저기 방에 주무시는데? 왜 할아버지 보고 싶어?"

"아니요. 그냥 물어본 거예요."

태영은 지연이 나이는 어려도 제법 총기가 있어 보였다.

어린아이가 이런 생각을 한다는 것이 보통은 아니었기 때문이다.

"지연이는 배 안고프니?"

"배고파요."

"그러면 아저씨가 밥을 차려줄까?"

"정말로요?"

지연은 밥을 따로 차려주는 사람이 없었는지 태영이 차려주겠다고 하니 아주 좋아했다.

태영이 보기에는 지연도 사랑에 목이 말라 있는 것 같았다.

태영은 지연을 위해 빠르게 밥을 준비해 주었다.

병원에서 밥은 어찌 먹었는지를 몰라 그냥 밥을 챙겨주니 지연이는 아무런 말을 하지 않고 밥을 먹기 시작했다.

지연은 아주 맛있게 밥을 먹고 있었는데 아마도 병원에 있는 동안 밥이 맛이 없어서 그런 모양이었다.

지연이 식사를 마치자 태영은 그런 지연을 보며 웃어주었다.

"하하하, 지연이 입가에 밥풀이 남아 있네. 그거는 나중에 배고플 때 먹으려고 하는 거야?"

지연은 밥풀이 있다는 말에 얼른 손으로 입 주위를 닦았다.

지연의 손에는 밥풀이 묻어 나왔는데 얼른 감추고 있는 것이 태영의 눈에는 아주 귀여워 보였다.

태영은 그런 지영이 손을 잡아 휴지로 밥풀을 닦아 주었다.

"자, 지연이는 이제 방으로 가서 아저씨하고 놀자."

태영은 지연을 안고 방으로 가려고 하였다.

"아저씨, 나 할아버지 보고 싶어요."

"응? 할아버지는 지금 주무시는데?"

"그래도 보고 싶어요."

지연의 부탁에 태영은 지연을 데리고 강 반장님이 주무시는 방으로 갔다.

방에는 강 반장님이 오랜만에 숙면을 취하는 것인지 아주 코까지 골며 자고 있었다.

지연은 그런 할아버지를 가만히 보고 있었다.

아마도 지연이가 할아버지를 상당히 많이 좋아하는 것으로 보였다.

태영은 지연의 그런 모습을 보며 조용히 수혈을 눌렀다.

선무도에도 인체에 대한 혈도에 대한 것들이 많았는데 고대의 것들이 모두 남아 있지는 않았지만 아직까지 기초적인 혈도에 대해서는 남아 있었다.

지연을 재운 태영은 바로 지연을 안아 지연의 방으로 갔다.

오늘은 무슨 일이 있어도 지연의 치료를 마칠 생각이었다.

태영은 지연을 침대에 눕히고 바로 손목을 잡았다.

태영의 푸른 빛은 다시 지연의 몸을 치료하기 시작하였고 이번에는 제법 오랜 시간을 치료할 수가 있었다.

태영은 푸른 빛이 지연을 치료하는 것을 느낌으로 알 수가 있었는데 그 느낌을 느낄수록 신기하기만 했다.

눈으로 보이지는 않는데 느낌으로 알게 되는 경우는 처음이었고 신기하기만 한 경험이었다.

"음, 이번에는 장기가 있는 쪽으로 가네?"

처음에는 지연의 심장을 치료하고 그 다음에는 지연의 몸 속에 있는 장기들을 치료하고 있으니 태영도 신기하기만 했다.

작은 몸에 치료를 할 것이 어떻게 저리 많은지 이해가 가지 않았다.

한참을 그렇게 치료를 하던 태영이 서서히 치료를 멈추고 있었다.

살며시 지연의 몸으로 기를 흘렸을 때 기는 어느곳 하나 막히는 데 하나 없이 매끄럽게 흘러 태영에게로 돌아왔다.

이는 분명 지연의 몸이 완전히 완쾌되었음의 증거가 아닐까 여겼다.

"휴우, 드디어 끝이 났네. 아니 이런 작은 몸이 어떻게 그렇게 치료를 해야 하는 곳이 많은 거야?"

태영은 체구가 작다고 해서 치료도 작은 것이 아니라는 것을 이번에 확실히 배웠다.

약이라면 어른과 아이의 차이가 있겠지만 내기는 그렇지가 않았다.

지연의 치료를 마친 태영은 더 이상 이곳에 남아 있을 이유가 없었다.

강 반장에게 무언가 도움을 주고 싶어 시작한 치료였기에 지연의 치료를 마치고 나니 그만 가야겠다는 생각이 들었다.

"내가 그냥 사라지면 강 반장님이 나중에 난리를 칠 텐데 말이야."

그렇다고 잠이 들은 강 반장을 깨울 수도 없었기에 태영은 메모 한 장을 남겨둔 뒤 조용히 나가는 것으로 방향을 정했다.

—너무 곤히 주무셔서 조용히 갑니다. 현장에서 뵐게요.

* * *

태영은 집으로 돌아오는 길에 김 사범이 생각이 나서 쉬는 날이니 놀러나 가자는 생각에 들르게 되었다.

도장에는 많은 사람들이 선무도를 배우기 위해 와 있었다.

"여기는 날로 번창을 하는 것 같네."

태영이 김 사범이 잘되니 좋다고 생각하고 있었다.

"아니, 이게 누구야? 강태영 씨 아냐?"

갑자기 자신의 이름을 부르며 친한 척하는 인간이 누구인지를 보기 위해 고개를 돌리니 예전에 알고 있던 단원 중 한 사람이었다.

"오랜만이네요. 어떻게 지내세요?"

"나야 항상 그렇지 뭐. 그런데 여기는 어쩐 일이야?"

"사범님 좀 만나려고요."

"그래? 지금은 무슨 일을 하는지 몰라도 연락처 좀 알려줘.
나중에 소주나 한잔 하게."

남자의 말에 태영은 별 생각 없이 전번을 알려주었다.

태영은 그러고는 바로 김 사범의 사무실로 갔다.

똑똑.

"누구세요?"

"김 사범님 접니다. 강태영이요."

태영은 문을 열면서 이름을 말했다.

"어서 와라. 여기 앉아라."

김 사범은 태영을 반갑게 맞이해 주었다.

"오늘은 쉬는 날이라 놀러왔습니다, 사범님."

"그래? 잘 왔다. 그런데 요즘은 내가 시간이 나지 않아서
말이야."

김 사범도 요즘은 매우 비빠서 개인적인 일을 볼 시간도 부
족할 정도였다.

물론 바쁘면 그만큼 돈을 벌기는 하지만 요즘 같으면 그만
바빴으면 하는 생각이 절로 들고 있는 중이었다.

"하하하, 사범님이 많이 바쁘신가 봐요."

태영은 김 사범의 얼굴이 진짜로 피곤으로 절어 있다는 것
에 상당히 고생하고 있음을 알았다.

돈도 좋지만 저렇게 하다가는 건강을 잃을 수도 있었기 때

문이다.

"요즘은 진짜로 정신이 없을 정도로 바쁘다."

"그래도 밖을 보니 많은 분들이 선무도를 배우기 위해 오시는 것 같던데요?"

"오기는 많이 오지. 문제는 제대로 배우려고 하는 사람이 없다는 것이 문제지."

김 사범도 배움을 원하는 사람에게는 제대로 도움을 주려고 하지만 건성으로 하려는 사람에게는 도움을 주지 않았다.

하기는 요즘 시대에 누가 힘들게 무예를 배우려고 하겠는가 말이다.

말이 좋아 무예인이지 대부분이 거지처럼 살고 있다는 것이 현실이었다.

게다가 사람들의 인식 속의 무예란 그냥 웰빙 세대에 맞추어 건강을 좀 챙기려고 소일거리로 하는 운동과 다를 바 없는 것이다.

그 안에서 정신을 찾거나 하던 예전과는 차원이 달랐다.

실제로 태영도 무예인이기는 하지만 지금 하고 있는 일이라곤 노가다를 하고 있지 않는가 말이다.

태영과 같은 경우에는 솔직히 경호원을 해도 되지만 태영은 성격상 그다지 마음에 들지 않았다.

천운으로 얻은 몸, 정직하게 땀을 흘려 몸을 놀려 일하고 싶은 그였다.

경호원을 하며 몸을 다치고 사람과 부대끼는 것보다야 차분히 몸을 움직여 수행을 쌓는 듯한 노가다가 더 마음을 편하게 해주었다.

그리고 경호원이 되는 것도 쉽지가 않았다.

그만큼 하려고 하는 사람들이 많다는 이야기였다.

요즘은 대학도 경호학과가 따로 있으니 무인들이 할 일들이 더 줄어들고 있었다.

"그래도 좋게 생각하세요.. 건강을 위해 배우려는 사람이 많으면 좋다고 말입니다."

태영이 해줄 수 있는 말은 여기까지였다.

남의 장사에 자신이 더 이상 말을 해서 좋을 것이 없었기 때문이다.

"그래야지. 다른 방법이 없으니 말이다."

김 사범도 모두 알고 있는 이야기였기에 다른 말은 하지 않았다.

태영은 시간이 남았지만 그냥 가야겠다는 생각을 하였다.

"그럼, 사범님 저는 그만 가볼게요. 해야 하는 일이 있어서요."

김 사범도 태영이 시간이 없어서 가려는 것이 아니라 자신

때문에 가려고 한다는 것을 알기에 그냥 보내주었다.

"알았다. 나중에 시간이 되면 소주나 한잔 하도록 하자고."

"예, 그렇게 하겠습니다. 수고하세요."

태영은 그렇게 인사를 하고는 빠르게 선무원을 빠져나갔다.

그렇게 집에 돌아와서 누워 있으니 별놈의 생각이 다 들었다.

하지만 그냥 오랜만에 잠이나 자자고 생각하며 조용히 눈을 감았다.

한편 태영에게 전번을 받은 남자는 바로 미영에게 전화를 걸고 있었다.

"여보세요?"

"미영씨, 강태영의 전번을 알아냈어요."

"그래요? 몇 번이에요? 아니 지금 바로 문자로 보내주세요."

미영이 기뻐하는 목소리가 되자 남자는 자신이 아주 잘했다고 생각이 들었다.

남자는 평소에도 미영에게 상당한 관심을 가지고 있었다.

그렇기에 미영의 부탁을 들어주기 위해 평소에 잘 나오지 않는 도장에 거의 죽돌이처럼 나와 있었다.

바로 태영을 만나기 위해서 말이다.

9장

미영과의 해묵은 감정

까불지마!

태영은 잠을 자고 있는데 자꾸 울리는 핸드폰의 소리 때문에 잠에서 깨어났다.

지신에게 전화를 할 사람이 없어 평소에도 잘 울리지 않던 전화기가 오늘은 두 번씩이나 울리고 있었다.

"여보세요?"

태영은 잠에서 깬 목소리로 전화를 받았다.

"자고 있었던 거예요?"

"누구세요?"

전화기에서 여자의 목소리가 들리자 태영은 누구인지를

물었다.

미영은 힘들게 번호를 알아내 전화를 했더니 자신이 누구인지도 모르고 있다는 것에 속으로 화가 났다.

"이제 제 목소리도 잊었나 봐요? 저 미영이에요. 김 사범님 딸인 김미영이요."

태영은 이름을 말하니 누구인지 기억이 났다.

"무슨 일이야?"

김 사범에게 선무도를 배울 때 미영에 대한 감정이 좋지 않았기에 아직도 해묵은 감정이 남았기에 딱딱하게 말을 했다.

미영은 태영이 그렇게 말을 하니 속에서 눈물이 났다.

'이 나쁜 놈! 나는 저를 잊지 못해 이렇게 번호를 알아내어 전화를 하는데 아무런 감정도 없이 저렇게 딱딱하게 말을 하디니.'

미영은 속으로 태영을 욕을 하고 있었지만 겉으로는 그렇지가 않았다.

"이제 서울에 왔다는 이야기를 들어서 연락을 한 거예요. 우리 한 번 만나요."

"너를 만날 시간 없으니 그만 끊어. 그리고 앞으로 연락하지 마라."

태영의 냉정하게 말을 하고는 일방적으로 전화를 끊어 버렸다.

미영은 태영이 아직도 자신에게 감정을 가지고 있을 것이라고는 상상도 하지 못했다.

그런데 지금 전화를 해보니 아직도 자신에게 좋지 않은 감정을 가지고 있다는 것을 알 수가 있었다.

미영은 너무 억울하고 분해 자신도 모르게 눈물을 흘리고 말았다.

"흑흑……. 으아앙! 이 나쁜 새끼야. 내가 무엇을 그리 잘못했다고 나에게 이러는 거야."

미영은 자신이 한 일은 기억하지 못하고 태영만 원망하고 있었다.

태영이 사람에 대한 트라우마가 있었다는 사실을 몰랐기 때문에 벌어진 일이었다.

하지만 지금은 태영이 극복하기는 했지만 지난 시절 자신에게 좋지 않은 기억을 주었던 사람에게는 절대 좋은 감정을 가지지 못하고 있었다.

지금 이대로라면 미영이 평생 노력해도 태영과는 좋은 관계를 유지하기에 힘이 들 것이기 자명했다.

혹시 태영의 마음에 큰 변화가 생긴다면 몰라도 말이다.

미영은 이대로 끝내는 것은 너무도 억울하다는 생각이 들었기에 전화번호를 이용하여 주소를 추적하려고 마음먹게 되었다.

“그래, 선배가 경찰에 있으니 이 번호로 주소를 추적할 수
가 있을 거야. 절대 이대로 끝을 내지는 않을 거다, 이 나쁜
놈아.”

김미영은 화가 나서라도 이대로 끝낼 수는 없었다.

자존심이 상해서 참을 수가 없었기에 절대로 이대로 끝내
지 않을 생각이었다.

미영이 무슨 생각을 하고 있는지에 대해서는 관심이 없는
태영은 잘 자고 있는 잠을 깨웠다고 짜증을 내고 있었다.

“이 미친년이 잘 자고 있는 사람을 왜 깨우고 지랄이야.”

태영에게 미영은 그런 존재였다.

이유없이 사람을 짜증나게 만드는 그런 여자, 성질이 까칠
해서 짜증만 내는 그런 여자가 바로 미영이었다.

물론 태영에게만 그렇게 인식이 되어 있는 여자였다.

태영은 짜증을 내다가 어차피 잠이 깼는데 인터넷이나 하
자는 생각에 노트북을 켰다.

태영에게는 유일하게 남아 있는 전자제품이었지만 누가
보면 고물도 저런 고물이 없다고 할 정도로 노트북은 오래된
제품이었다.

태영은 노트북을 보며 인터넷을 즐기기 시작했다.

과거에도 그랬지만 인터넷이라는 것이 참 신기한 것이라
는 생각을 하게 만들었다.

알지 못하는 그런 정보도 알려주고 보고 싶은 곳도 보여주
는 태영에게는 마술 상자와 같은 그런 존재였다.

"역시 인터넷을 하기를 잘했어."

태영은 인터넷을 보며 그동안 알지 못했던 것들에 알게 되
자 아주 즐거웠다.

새로운 지식은 태영의 즐겁게 해주었다.

저녁시간이 되자 태영은 오랜만에 나가서 식사를 할 생각
에 가볍게 옷을 갈아입고 나갔다.

신림동의 밤거리는 호화찬란한 빛으로 도배를 하고 있었
다.

거리에는 어자와 남자들이 끼리끼리 연인이 되이 다니고
있었고 유흥가가 많아서 그런지 많은 인구들이 북적거리는
그런 거리였다.

태영은 오랜만에 거리에 나오니 자신은 정말 친구도 없이
어떻게 살아왔는지가 신기하게 느껴졌다.

어린 시절에는 몸이 약해서 그런 생각조차 하지 못했지만
지금은 몸도 건강한데 아직도 친구가 없다는 생각에 문득 자
신도 친구가 생겼으면 좋겠다는 생각이 들었다.

태영의 나이 28살인데 아직도 친구가 없다는 것을 남들이
알면 아마도 모두 믿지를 않을 것이다.

"내 나이면 애인과 함께 데이트를 하면서 지내야 하는데 나는 아직도 친구도 없으니 도대체 왜 이런 거야?"

태영은 자신이 생각해도 한심하다는 생각이 드는데 남들이 보면 오죽하겠는가 말이다.

그런 생각이 들자 괜히 기분이 우울해지는 태영이었다.

태영의 눈에는 술을 파는 술집이 보였고 태영은 아무 생각 없이 그 집으로 들어갔다.

"어서 오세요. 혼자세요?"

"예, 혼자입니다."

여자종업원은 태영이 혼자라고 하자 바로 자리로 안내를 해주었다.

그냥 일반 주점이었기에 태영은 안내에 따라 자리에 앉았다.

갑자기 술을 마시고 싶은 충동으로 들어오기는 했지만 이왕에 왔으니 마시고 가자는 생각이 들어 주문판을 보고 주문을 했다.

태영은 술을 마시면 절로 운기가 되는 지경에 이르러 있었다.

술이 취하고 싶어도 몸에 해로운 것은 자동으로 처리가 되기 때문에 어지간히 마셔도 취기를 느끼지 못하는 상태.

그래도 오늘따라 마시고 싶다는 생각에 태영은 묵묵히 소주를 열심히 마시고 또 마셨다.

혼자서 무려 네 병을 마시고 있는데도 말도 꼬이지 않는 것에 종업원은 신기한 눈으로 보았다.

"여기 안주 한 개 더 하고요. 소주 두 병만 주세요."

"저기 손님, 너무 많이 마시는 것이 아니에요?"

여자 종업원은 태영이 너무 많이 마신다는 생각이 들어 하는 소리였다.

태영은 누군가가 자신을 걱정을 하는 소리에 고개를 들어 여자를 보았다.

여자는 진심으로 태영이 마시는 것을 걱정하는 눈빛을 하고 있었다.

'나도 저런 친구나 애인을 만들고 싶다. 어째서 나에게는 진심으로 나를 대하는 사람이 없을까?

태영은 일을 하는 종업원에게 그런 말을 들으니 솔직히 기분이 나쁘기는 했지만 그래도 자신을 걱정하는 눈빛이었고 진심이라 다른 말은 하지 않았다.

"그냥 주세요. 그 정도는 마실 수 있으니 말이에요."

"예, 손님."

여자는 그 정도는 마신다는 말에 태영이 상당히 주량이 세다고 판단을 하였다.

술을 마시는 동안 태영은 많은 생각을 했다.

그리고 앞으로의 일에 대해서도 고민도 뒤따라 왔다.

자신은 친구도 없는 것이 결국 스스로 자초한 것이란 생각이 들었다.

아무리 몸이 약하고 문제가 많았다 하지만, 그래서 아이들이 그런 자신을 외면하고 따돌렸다지만 분명 기회는 있었을 터였다.

게다가 이젠 그때의 어린아이가 아니었다.

더 이상은 이렇게 살지 말자는 결심이 가슴에 맺혔다.

모든 것에 대한 결정이 되자 조금은 마음이 홀가분해지고 있었다.

태영은 아까와는 다르게 기분이 좋아졌기에 바로 계산을 하고 나왔다.

거리를 걸으며 집으로 돌아가는 길이었는데 아주 작은 소리가 들렸다.

"살려주세요……."

여자의 목소리였는데 그 소리를 듣는 순간에 태영의 몸은 빠르게 움직였다.

태영이 지나가려고 하는 길이 아닌 그 안에 있는 골목길에는 세 명의 남자가 한 여자를 두고 희롱을 하고 있었다.

"여기는 아무도 없으니 소리치지 말고 조용히 벗어봐."

"제… 발 저를 놔줘요."

여자는 남자들에게 애원을 하고 있었다.

"이 쌍년이 좋게 말을 하면 듣지를 않는구만?!"

한 남자가 품에서 칼을 꺼내니 여자는 바로 입이 다물어 버렸다.

저런 흉기를 가지고 있는 놈들에게 애원을 해봐야 소용이 없다는 생각이 들어서였다.

태영은 골목의 입구에서 남자들이 하는 짓을 모두 보았다.

세상을 살면서 저런 놈들도 있다는 것에 태영은 매우 불쾌한 기분이 되었다.

저벅, 저벅.

태영이 걸으면서 나는 소리였다.

남자들 중 한 명은 갑자기 발자국 소리가 들리자 조금 긴장한 얼굴로 입구를 돌아보았다.

어둠을 스치며 태영이 모습을 드러내고 있었디.

"어이, 그만하지. 여자에게 그러면 곤란하지 않겠어?"

태영은 마지막으로 이들에게 기회를 주고 싶어 말했다.

그러자 한 남자가 그런 태영을 보며 고함을 질렀다.

"이 미친놈은 어디서 나온 거야? 죽고 싶지 않으면 좆까지 말고 꺼져."

결국 이들은 자신이 준 기회를 발로 차버렸다.

"역시 쓰레기는 어쩔 수 없는가 봐."

태영은 그렇게 말을 하고는 놈들을 공격하였다.

쉬이익! 빠각!

퍼억!

퍽!

"케엑!"

"커억!"

"아악!"

태영은 칼을 들고 있는 놈은 팔을 분질러 버렸고 다른 놈은 다리와 옆구리를 차주었다.

하지만 태영이 찬 곳은 내기가 담긴 일격에 상당한 고통을 느낄 수밖에 없다.

아마 한동안 상당한 고생을 하게 되리라.

태영은 놈들이 보며 다시 한 번 발로 걷어찼다.

퍼퍼퍽!

"아악!"

"악! 내 팔! 아악!"

"크아악!"

태영의 공격에 놈들은 아마도 최소한 병원에서 반년은 고생해야 할 것이다.

태영은 여자를 보았다.

"아가씨는 여기 있을 거예요?"

“아… 니요.”

후다닥!

여자는 태영의 말에 빠르게 자신의 가방을 들고 뛰어 도망
갔다.

남자 세 명을 순식간에 해치운 정의의 용사이기는 했지만
무섭기는 마찬가지였기에 가장 먼저 떠오른 것이 도망가자였
다.

태영은 여자가 도주하자 쓰러져 있던 쓰레기들을 어찌할
것인지를 고민하다가 그냥 두기로 결정을 내렸다.

어차피 놈들은 반년 정도는 거동하기조차 힘들 것이란 판
단에서였다.

태영은 놈들을 두고 다시 거리로 나왔다.

거리로 나오니 도망을 갔을 것이라고 생각했던 여자가 아
직도 가지 않고 기다리고 있는 것이 아닌가.

“응? 아직도 가지 않았어요?”

“…그냥 가려고 했는데 도저히 그냥 갈 수가 없었어요.”

여자는 그냥 가려고 하다가 자신의 위험을 보고 구해준 사
람을 두고 그냥 간다는 것이 양심이 찔려 도저히 혼자 그냥
갈 수가 없었다고 한다.

“놈들은 부상을 입어 당분간은 움직이지 못하니 그냥 가세
요.”

태영은 그렇게 말을 하고 집을 향해 걸어갔다.

그런데 정말 신경 쓰이는 문제가 발생했다.

바로 자신이 구해준 여자가 계속해서 자신의 뒤를 따라오고 있었던 것이다.

태영은 길을 걷다가 멈추고는 뒤로 돌아섰다.

"왜 자꾸 따라오는 거죠?"

"저를 구해 주셨으니 차라도 한잔 대접하고 싶어요."

태영은 여자의 얼굴을 자세히 볼 수가 있었는데 제법 미모가 있는 여성이었다.

그리고 자신을 구해주어 차라도 대접을 해야 마음이 편하다고 하는데 그 정도도 들어주지 못할 태영이 아니었다.

"갑시다. 차를 마셔야 간다는데 그 정도는 해줄게요, 까짓것, 뭐……."

태영의 대답에 여자는 그제야 얼굴빛이 조금 좋아졌다.

"저기 보이는 커피숍으로 가요."

여자는 눈에 보이는 곳을 가리키며 말했고 태영은 고개만 끄덕였다.

이번에는 여자가 앞장을 서고 태영이 뒤를 따르는 형국이 되었다.

두 사람은 마주 앉아 커피를 마시는 동안 아무런 대화를 나누지 않고 있었다.

“저는 이혜미라고 해요. 그쪽은 이름이 어떻게 되세요?”

“내 이름은 강태영이요.”

태영이 이름을 알려주자 혜미의 눈빛이 반짝였다.

“저는 이제 23살인데 그쪽은 나이가 어떻게 되요?”

“나는 28살이요.”

“어머, 그러면 오빠가 되시네요. 이제부터 오빠라고 부를
게요.”

태영은 눈앞의 여자가 왜 이러는지가 솔직히 궁금했다.

위험에서 자신을 구해주었으니 은혜를 갚고 싶다는 마음
은 이해가 갔지만 자꾸 신경이 쓰이게 하는 것이 마음에 안
들었다.

“우리 솔직하게 말을 합시다. 나에게 이러는 이유가 뭐
요?”

태영이 직설적으로 물으니 혜미는 갑자기 답변을 할 수가
없었다.

혜미도 자신이 지금 이러는 이유에 대해서 솔직히 모르기
때문이다.

단지 자신을 구해주었다는 이유로 커피를 마시자고 하였
지만 마음은 커피를 마시기 위해 이곳에 온 것이 아니라고 말
하고 있었기 때문이다.

“저도 잘 모르겠어요. 하지만 이대로 그냥 헤어지면 제가

마음이 편하지 않을 것 같아서 오자고 한 거예요.”

태영은 혜미의 말을 듣고 고개만 끄덕였다.

충분히 이해가 가는 말이었다.

그리고 곧 나온 커피를 한 번에 입안으로 털어넣은 뒤 말했다.

“그럼, 커피를 마셨으니 이만 가도 되는 거요?”

태영의 말에 혜미는 솔직히 기분이 별로였다.

자신은 나름 미모가 뛰어나다는 이야기를 듣고 있는 여자인데 눈앞의 남자는 그런 자신을 보고도 별로 관심이 없어 보였기 때문이다.

“저와 있는 것이 싫으신가요?”

“싫은 것이 아니라 왜 있어야 하는지를 알지 못하기 때문이죠.”

“이유야 만들기 나름이 아닌가요?”

태영은 자신이 왜 알지도 못하는 여자와 이런 자리에 앉아 도움도 되지 않는 대화를 나누고 있는지 이해가 가지 않았다.

조금 전까지만 해도 친구가 그리웠고 애인이 생겼으면 좋겠다는 생각을 하였으면서도 말이다.

눈앞에 있는 여자는 제법 미모도 있는 그런 여자인데 자신은 어째서 관심이 가지 않는지를 몰랐다.

태영은 인간에 대한 트라우마를 극복했다고 생각하고 있

지만 아직도 그의 무의식에는 여전히 사람에 대한 겁이 남아 있는 편이었다.

트라우마를 완전하게 극복한 것은 아니었기에 반대급부로 싸늘한 태도를 보이고 있었다.

태영의 어린 시절 또래란 남자든 여자든 할 것 없이 모두가 태영을 괴롭히는 대상자들이었다.

그러니 아무리 예쁜 여자여도 태영에게는 관심이 가지 않았던 것이다.

하지만 유일하게 태영이 말을 나누는 사람들이 있었으니 바로 연상의 사람들이었다.

나이가 있는 분들에게는 그런 트라우마가 없었기 때문이다.

태영의 트라우마는 나이가 적은 사람들에게만 적용이 되었기 때문이다.

10장

드라우마를 극복하다

까
불
지
마
!

　혜미는 태영이 자신에게 관심이 없다는 것에 솔직히 기분
이 상해 버렸다.

　어지간한 남자라면 자신 정도의 미모에 넘어온다는 자신
감을 가지고 있었는데 태영은 그런 남자들과 달랐다.

　미모에는 눈도 꿈쩍하지 않는 그런 남자였기 때문이다.

　혜미는 자신과 같은 여자라면 충분히 남자에게 관심을 받
을 수 있을 것이라고 생각해왔다.

　하지만 정작 태영을 만나고 나서는 그런 생각을 버리게 되
었다.

게다가 방금 전까지 끔찍한 일을 겪을 뻔했던 혜미였다.

그렇다 보니 태영과 있는 편이 너무나도 안심이 되었다.

게다가 저렇게 특이한 남자도 있다는 사실을 알고 보니 오히려 더 관심이 갔다.

"저보다는 나이가 많으니 오빠라고 해도 되죠?"

"편한 대로 부르세요."

"편하게 하라고 하면서 저에게 존대를 하시네요."

태영은 혜미를 보며 미영도 처음에는 이렇게 말을 건넸단 생각이 들었다.

"그럼, 내가 연장자이니 말을 놓지. 이제 편하냐?"

"전보다는 나아졌네요. 저도 솔직히 물어볼게요."

"아프게만 물지 않으면 언제든지 물어."

태영의 때 지난 농담에 혜미는 자신도 모르게 입가 위로 미소를 그렸다.

"호호, 유머도 있으시네요?"

"유머야 당연히 있지. 내가 아는 사람에 한해서이지만 말이야."

태영의 말은 상당한 의미가 있는 말이었지만 혜미는 그런 태영의 말을 제대로 이해를 하지 못하고 있었다.

그냥 편하게 지낼 수 있는 사이 정도가 되면 된다고 판단을 한 것이다.

"혹시 사귀는 여자가 있으세요?"

"없는데."

"그러면 저 같은 여자에게 무슨 원한이 있나요?"

"원한은 없는 것 같은데 왜 그런 질문을 하는 거지?"

태영은 혜미가 하는 질문을 들으면서 조금은 이상한 기분이 들었다.

"제가 보기에는 오빠가 조금 특이해서요."

"특이하다고? 무슨 뜻이지?"

"아니, 저 같은 미모의 여성이 대화하자고 하면 남자라면 당연히 좋아해야 하는데 오빠는 그렇지가 않으니 하는 소리죠."

태영은 혜미가 하는 소리를 듣고는 혜미를 다시 보게 되었다.

"…혹시 공주병이 있냐?"

"예? 저 정도 되면 공주병이 아니고 공주라고요."

혜미는 태영의 말에 고함을 질렀다.

사실 혜미 정도의 미모라면 공주라고 해주어도 무방할 정도였기에 자신할 만했다.

다만 혜미가 조금 특별한 남자를 만나고 있어 상대가 감당하지 못하는 것뿐이다.

만약 다른 남자와 만났으면 이런 대접을 받지 않았을 것이다.

"요즘 공주에 대한 기준이 많이 약해졌네. 그 정도로 공주라는 소리를 하는 것을 보면 말이야."

태영의 한마디는 혜미의 가슴을 깊게 찌르고 들어왔다.

도대체가 얼마나 눈이 높아서 저런 소리가 나오는지 이해가 가지 않았다.

"오빠의 눈이 높아서 그렇지, 저 정도면 충분히 공주라 해도 된다고요."

혜미는 솔직히 자신의 미모에 자신이 있는 편이다.

태영이 하는 소리를 들으니 자신보다 더 대단한 미모의 여성을 알고 있다는 생각이 들어 은근히 주눅이 들고 말았다.

비록 변명을 대며 소리치기는 했지만 은연중에 위축된 것은 사실이었다.

"그래, 알았다. 공주라고 치고 나에게 하고 싶은 말이 무엇인데?"

"그걸 꼭 말로 해야 아나요? 구해주었으니 감사하고 이렇게 만났으니 친하게 지내자는 말이잖아요."

태영은 혜미의 말 중에 친하게 지내자는 말에 조금은 생소한 기분이 들었다.

자신이 친구가 없다는 것이 친하게 지내는 사람이 없었기 때문에 그런 것이라는 생각이 들어서였다.

‘…난 왜 이런 용기를 내지 못했던 걸까.’

태영은 혜미의 말에 자신의 문제점을 확실하게 느끼게 되었다.

이는 혜미처럼 자세하게 이야기를 해준 사람이 없었기 때문에 느끼지 못했다.

아니, 애초에 이런 것은 굳이 말로 하지 않아도 사람들이 자연스럽게 아는 것들이다.

단지 그만 이러한 것을 잘 몰랐을 뿐이다.

사실 이런 문제는 말하지 않아도 보통은 스스로 해결하든지, 아니면 알고 있으면서 그냥 그렇게 지내는 것이 좋아 그러는 사람들이 태반이었다.

그러나 태영은 진심으로 사람을 몰랐다.

그리고 진심으로 사람이 두려웠던 것이다.

이는 태영이 어린 시절부터 마음의 문을 닫고 살았기 때문에 벌어진 일이었다.

태영은 혜미의 말에 자신이 어떤 실수를 하고 있었는지를 금방 깨달았다.

그리고 우선은 집으로 돌아가서 자신의 문제에 대해 깊은 생각을 해보아야겠다고 판단했다.

“그래, 친하게… 지내자고. …혜미야.”

“정말이지요?”

“나는 거짓말을 하지 않는다.”

“좋아요, 그러면 그런 의미에서 우리 서로 전번을 교환해요.”

그렇게 말하며 혜미가 태영을 향해 손을 뻗었다.

그 손에 쥐여 있는 휴대폰에서 꼭 빛이 나는 것만 같았고, 이는 혜미에게서 흘러나온 것만 같은 착각이 들었다.

태영은 혜미가 한 말대로 번호를 교환하였다.

혜미가 원하는 대로 해주고 나니 어서 빨리 집으로 돌아가야겠단 생각이 솟구쳤다.

혜미는 그런 태영의 행동이 마음에 들지는 않았지만 자신의 생명의 은인이니 눈감아 주었다.

“오늘은 내가 일이 있어 그만 가야 하니 나중에 연락을 해라. 맛있는 것을 사줄게.”

아까와는 다르게 지금은 상당히 부드럽게 대화를 나누는 태영.

혜미는 자신에게 관심이 없지만 무언가 자신이 태영에게 크게 어필한 것이 있음을 무심결에 깨달았다.

“알았어요. 대신에 다음에 전화를 하면 꼭 받아야 해요.”

“약속할게. 혜미의 전화는 받겠다고 말이야.”

“히힛! 알았어요. 그럼 다음에 봬요.”

태영은 혜미와 헤어지고 바로 집으로 돌아왔다.

집에 도착을 한 태영은 바로 운기를 시작하였는데 본인이 고민을 할 때는 항상 이렇게 운기를 하는 버릇이 생겨서였다.

그리고 다른 때보다 이상하리만큼 빠르게 뛰는 심장을 진정시키기 위해서도 그러했다.

태영이 운기를 시작하자 곧 그의 몸과 정신은 차분하게 원래의 모습으로 되돌아오기 시작했다.

그때부터 자신의 생각과 상태를 관조했다.

'그렇군. 나는 그동안 트라우마를 극복했다고 생각했는데 이는 어른들에게만 해당하는 일이었네. 이런 멍청한 놈이 그러면서 무슨 극복을 했다고 생각한 거야.'

태영은 다시 한 번 자신을 되돌아보게 되었고 친구가 없는 이유도 결국은 자신이 원인이라는 것을 알게 되었다.

사람들과 만남을 가질 때 상대가 먼저 마음을 열기를 바라기 전에 자신도 열 수 있다는 사실을 알게 되자 앞으로는 조금 다르게 살아야겠다고 생각이 들었다.

항상 새로운 판단을 하면서 자신이 옳은 것은 아니라는 사실도 깨달았다.

태영은 천천히 자신의 대해서 깊은 통찰력이 생기고 있었다.

그러면서 태영은 세상을 살아가는 방법을 겨우 깨달아가

고 있었다.

항상 혼자만 살아왔던 기억들을 지우고 이제는 더불어 살아가는 방법을 배우고 있는 것이었다.

한 여자를 계기로.

"나는 그동안 멍청하게 살았지만 이제부터는 다르게 살자. 아직 나이도 젊은데 억울하잖아."

태영은 그렇게 결론을 내고 나니 아주 마음이 개운해졌다.

매번 새로운 깨달음을 얻고 있지만 이번이 가장 태영에게 도움이 되었다.

이번에 얻은 깨달음으로 인해 태영은 완전히 새로운 삶을 살 수가 있게 되었다.

특히 사람들과 대하는 대인 관계에 엄청난 변화를 보이게 되었다.

태영은 새로운 눈으로 세상을 보게 되니 매우 기분이 좋아졌다.

"하하하, 역시 세상은 혼자 살 수가 없는 거야."

태영은 오늘부로 새로 태어난 기분을 느꼈다.

태영의 마음가짐이 변하게 되니 우선 일하는 자세부터 달라졌다.

강 반장과 인부들은 그런 태영의 변화를 좋게 보고 있었다.

“태영아, 그만하고 밥이나 먹으러 가자.”

“예, 잠시만요. 이것만 하고 갈게요.”

“그만하고 가자. 너 때문에 다른 사람들이 기다리고 있으니 말이다.”

“예, 갑니다!”

태영의 이런 변화는 모두를 아주 기분 좋게 해주고 있었다.

전에는 어딘가 차가운 분위기를 연출하였는데 지금은 아주 살가운 그런 느낌을 주고 있었기 때문이다.

식사를 하면서 인부들과 어울리기 시작하면서 반주도 먹으면서 사람들과 어울리려고 노력을 하고 있었고 그런 모습은 여러 사람들에게 새로운 인식을 주고 있었다.

“어이, 태영이! 여기 한잔 하라고.”

“예, 주시면 먹지요.”

태영은 웃으면서 잔을 받았고 술을 따라주자 기분 좋게 마셨다.

태영의 이런 변화는 점차적으로 태영의 성격을 더욱 부드럽게 해주었다.

하지만 변하지 않는 것이 있는데 바로 범죄자에 대한 생각이었다.

죄를 진 자에 대해선 단호하게 대처를 하고 있었다.

며칠 전, 태영이 집으로 가는 길에 학생들이 다른 학생을

폭행하는 모습을 보고는 참지 못하고 모두를 무력으로 제압을 하는 일이 벌어졌다.

문제는 이들도 최소한 반년은 병원에 신세를 져야 한다는 것이다.

그만큼 그런 일에는 강하게 대처를 하고 있었다.

이는 트라우마와는 관계 없이 성격적인 문제였다.

태영은 인간관계가 변하면서 서서히 바른 인간이란 무엇인가를 두고 고민하면서 벌어지는 과급이었다.

일을 마치고 집으로 돌아가는 길에 태영의 핸드폰이 울렸다.

드드드―

"여보세요."

"오빠! 아직도 여보세요라고 하네요?"

전화기 너머에서 한 여자의 목소리가 들려왔다.

혜미였다.

"아, 미안하다. 아직도 저장하는 방법을 몰라서 그래."

"오빠, 지금 일을 마쳤죠?"

혜미는 오늘 자신이 직접 태영의 휴대폰에 자신의 번호를 저장시켜 주기 위해 그를 만날 약속을 잡기로 결심했다.

그냥 두면 절대로 하지 않을 것이라는 생각이 들어서였다.

태영은 그런 혜미에게 전과는 다르게 부담을 느끼지 않았
다.

"지금 끝나고 집에 가는 길이다."

"그러면 저랑 만나게 시간 좀 내주세요."

"어디서 볼까?"

"제가 그쪽으로 갈게요."

혜미와 약속을 정한 태영은 가방을 집에 두고 가기 위해 걸
음을 최대한 빨리 했다.

노가다를 하고 담아온 작업복을 가지고 만나고 싶지는 않
아서였다.

혜미는 태영과 만나기 위해 별의별 방법이 다 동원하고 있
었는데 때로는 기상천외한 방법을 사용하기도 했다.

이런 방법을 사용해야 태영이 피하지 못하기 때문에 날마
다 혜미는 방법을 찾느라 머리가 터질 지경이었다.

"아니, 나 정도의 미모의 여인이 그렇게 관심을 가져주면
알아서 사귀자는 말이 나와야 하는 것이 아냐?"

혜미의 불만은 바로 이것이었다.

태영을 알고 나서부터는 다른 남자들이 눈에 들어오지 않
는 다는 것이 가장 큰 문제였다.

다른 남자들은 자신의 미모를 보고 침을 흘리는 것이 혜미
의 입장에서는 마음에 들지 않았기 때문이다.

하지만 태영은 그런 남자들과 질적으로 달랐고 혜미에게
는 아주 신선한 충격을 주었기에 혜미가 사귀기 위해 이렇게
노력을 하고 있었다.

　문제는 그래도 태영이 아직 넘어오지 않는 다는 것이 문제
였지만 말이다.

＊　　　＊　　　＊

　태영은 약속장소에 먼저 도착을 하여 혜미를 기다리고 있
었다.

　오늘은 커피를 마시는 것이 아니라 간단하게 식사를 할 수
있는 그런 곳이었다.

　태영이 기다리고 있으니 혜미가 도착을 했다.

　"오빠, 많이 기다렸어요?"

　"아니 나도 금방 도착했다."

　혜미는 태영의 대답을 들으며 신기한 눈빛으로 태영을 보
았다.

　처음 만났을 때에만 해도 감정이 없는 그런 사람 같았는데
지금은 아주 여유가 넘치는 그런 남자가 되어 있었다.

　그리고 무엇보다 여유가 묻어나기 시작하면서 태영의 매
력이 발산하는 것 중 하나가 또 늘었다.

그것은 목소리.

이러한 태영의 변화에 혜미는 자신도 모르게 뛰는 가슴에 놀라고 있는 중이었다.

하기는 그래서 더욱 마음이 가는 것인지도 모르지만 말이다.

"오빠, 뭐 드실래요?"

"같이 먹을 수 있는 것으로 시키자. 뭐 먹을래?"

"저는 해물 파스타를 먹을 게요."

"나는 밥 같은 것으로 먹고 싶은데 그런 것도 있을까?"

"그러면 오빠는 그라탕 종류를 드세요. 안에 밥이 들어가거든요. 게다가 이 가게 꽤 맛있다더라고요."

태영은 혜미와 식사를 하면서 새로운 음식을 먹게 되었고 적응을 하고 있는 중이었다.

전에는 항상 먹던 것만 먹었는데 지금은 다른 음식도 먹다 보니 새로운 즐거움이 늘어나는 기분이 들었다.

물론 먹어보고 맛이 없으면 절대 먹지 않았지만 말이다.

"그래, 주문하자."

태영과 혜미는 그렇게 식사를 하며 즐거운 대화를 나누었다.

오늘 만남의 가장 하이라이트인 핸드폰에 혜미의 이름을 저장하는 것은 혜미가 직접 해결을 하고 말았다.

물론 번호키로는 일번으로 정해 놓았고 말이다.

태영의 핸드폰을 본 혜미는 어떻게 아는 사람이 한 명도 없는지가 궁금할 정도였다.

하지만 전의 태영을 생각하면 그럴 수도 있다고 생각을 하고 아주 쿨하게 지나쳤다.

"오빠, 저랑 사귈래요?"

혜미의 갑작스러운 말에 태영은 어리둥절한 표정을 지으며 혜미를 보았다.

그런 태영을 보는 혜미는 정말 답답한 사람이라는 생각이 들었고 말이다.

"아니, 내가 사귀자고 하면 바로 대답을 해야지. 어떻게 그런 표정을 지을 수가 있는 거예요?"

혜미는 태영의 표정을 보고는 기분이 상해 버렸다.

아직도 태영의 마음에는 자신이 없다는 것을 알았기 때문이다.

태영은 아직까지 여자를 사귀어 보지 못했기 때문에 그런 것이지만 혜미의 입장은 달랐다.

태영은 혜미가 갑자기 사귀자고 하고는 다시 인상을 쓰는 것을 보니 이상하게 웃음이 나왔다.

"하하하,"

태영이 웃자 혜미는 더 황당한 얼굴을 하며 태영을 보았다.

"오빠, 지금 저 놀리는 거예요?"

"아니, 내가 왜 혜미를 놀리겠어. 그냥 네 표정 보다보니 저절로 웃음이 나오더라."

혜미는 태영이 지금 진심으로 대답을 하고 있다는 것을 느낄 수가 있었다.

"오빠, 솔직히 말해봐요. 아직까지 여자랑 만난 적이 없지요?"

"응, 나는 여자도 그렇고 남자도 친하게 지내는 사람이 없어."

태영은 혜미에게는 솔직하게 숨기지 않고 이야기를 해주고 싶었기에 있는 그대로 말을 했다.

하지만 듣고 있는 혜미는 정말 어이가 없다는 표정을 지울 수밖에 없었다.

어떻게 살아가면서 친하게 지내는 사람이 한 명도 없을 수가 있다는 말인가.

혜미는 자신이 알고 있는 태영에게 무언가 문제가 심각하다는 것을 느끼고는 세부적인 질문을 하기 시작했다.

물론 태영도 그런 혜미의 질문에 자세하게 대답을 해주었고 말이다.

한참의 시간 동안 질문과 대답이 오고 갔지만 시간이 지날수록 혜미의 얼굴이 점점 심각해지고 있었다.

이거는 완전히 은거를 하고 있는 사람이라는 표현밖에는
할 수가 없어서였다.

"어떻게 그렇게 살 수가 있는 거예요?"

"나도 모르겠다. 하지만 내가 살아온 방식이 그랬다."

태영의 대답에 혜미는 태영에게 말 못할 상처가 많았음을
알게 되었다.

그런 태영의 과거를 알고 이해하자 안타까웠다.

혜미도 여자였기에 모성본능이 발동이 되었고 태영이 강
하다는 것을 알지만 이상하게 자신이 보호를 해주고 싶다는
느낌이 강하게 들었다.

"오빠, 이제 제가 있어요."

그리고 말없이 혜미는 태영의 손을 지긋이 잡았다.

태영도 그런 혜미의 진심을 느낄 정도로 말이다.

혜미의 그런 마음이 전해지자 태영의 이상하게 가슴이 울
렁거리기 시작했다.

아마도 누군가에게 처음으로 이런 느낌을 받아서 그런 것
인지는 모르지만 처음으로 감동이라는 것을 느끼게 되었다.

태영의 반응이 색달라 그런지 혜미도 금방 눈치를 챌 수 있
을 정도였다.

"네가… 좋다. 너라면… 괜찮아."

태영의 대답에 혜미는 바로 감동을 받았다.

“정말이지요? 딴 말하기 없기예요?”

“그래, 절대 그런 일은 없을 거야.”

태영도 진심으로 혜미를 원하고 있었다.

태영은 혜미로 인해 감동을 느끼면서 왠지 전에는 이해하지 못하던 감정을 알 것도 같았다.

감정을 모두 잊고 살거나 한 것은 아니었다.

하지만 가슴으로 느낀다는 것을, 혜미로 인해 그런 감정들을 모두 느끼게 되자 태영은 혜미를 놓치고 싶지가 않았다.

“오빠 우리 정말 잘해 봐요.”

“그래, 나도 잘할게. 혜미야.”

태영은 태어나서 처음으로 여자를 사귀게 되었다.

혜미와 사귀기로 한 기념적인 날이기 때문에 그냥 넘어갈 수가 없었기에 태영은 혜미와 함께 술을 마셨다.

사람들이 많은 거리로 가서 마시는 술이 오늘따라 이렇게 맛있을 수가 없었다.

하지만 좋은 일에는 항상 마가 낀다고 하필이면 태영이 간 술집에서 패싸움이 벌어졌다.

“저 새끼들을 죽여.”

와장창!

“아악, 이 새끼 너 오늘 죽었어.”

머리에 피를 흘리는 남자는 상대를 보며 살벌한 눈빛을 하며 죽이려고 하고 있었다.

남자들끼리 하는 싸움이었지만 문제는 주변에 술을 마시는 다른 손님들에게도 피해를 주고 있었다.

태영은 기분 좋게 마시러 왔다가 아주 기분을 버리는 바람에 놈들을 모조리 패주려고 하였는데 옆에 있는 혜미가 그런 태영의 생각을 읽었는지 조용히 손을 잡으며 머리를 흔들었다.

"오빠 참아요. 우리가 다른 집으로 가면 되잖아요."

혜미의 말에 태영은 상한 기분을 조금은 진정을 시킬 수가 있었다.

태영은 그런 혜미가 참 고마웠다.

자신의 감정을 조절하게 만들어 주어서 말이다.

"그래, 나가자."

태영은 전과는 다르게 혜미를 보호하고 술집을 나섰다.

아마도 전이었다면 싸움을 하는 놈들을 모조리 박살을 내고 갔을 것인데 터였다.

태성은 혜미와 데이트는 하는 시간을 아주 소중하게 생각하게 되었다.

혜미를 들여보낸 뒤 집에 돌아와 돌이켜 보니 앞날에 대한 걱정이 가슴을 치고 갔다.

혜미의 부모님도 계실 것인데 남자 친구가 노가다를 하는 사람이라고 하면 아마도 결사반대를 할 것이라는 생각이 불현듯 들었다.

지금까지 이루지 못하던 육체에 대한 보상을 위해 몸을 썼다면 이젠 사랑하는 사람을 책임지기 위해 방도를 찾아야 한다고 생각했다.

"음, 스승님의 도움을 받아야겠어. 나보다 혜미를 위해."

태영에게 도움을 줄 수 있는 사람은 스승이 유일한 존재였기에 결국 태영은 스승인 대오 스님에게 전화를 걸게 되었다.

"제자놈이 어쩐 일이냐?"

"스승님, 도움 좀 주십시오."

"무슨 도움을 달라는 말이냐?"

태영은 혜미와의 관계에 대해서 설명을 하기 시작했다.

한참의 시간이 지나도록 설명을 하고 나니 자신도 모르게 입술이 말라 있었다.

"음, 그러니까 여자를 사귀는데 직업이 문제라는 말이냐?"

"예, 누가 노가다를 뛰는 사람과 딸을 사귀게 하겠습니까."

대오 스님도 태영의 말을 들으니 충분히 이해가 가는 말이었다.

"지금 당장 필요한 것이 아니면 조금 시간을 가지고 해결을 하도록 해보자."

"스승님, 부탁드리겠습니다."

"그래, 알겠으니 그만 끊어."

태영은 스승과 전화를 마쳤지만 솔직히 걱정이 되었다.

자신이 알고 있는 인맥으로는 좋은 곳에 취직을 하기가 어려웠다.

이력사항으로 따져도 잘난 것이 없었다.

그래서 스승의 도움을 받으려고 하였지만 스승인 대오 스님도 산에서 수련만 하였다는 이야기를 들은 기억이 나자 불안해지기 시작한 것이다.

"스승님의 도움만 기다릴 것이 아니라 나도 나름대로 대책을 세워두자."

태영은 그렇게 생각을 하자 바로 인터넷을 뒤지기 시작했다.

지금은 유일한 출구가 인터넷이었다.

태영이 알고 있는 지식도 없었고 정보도 부족한 상황에서 대책을 세우려면 최대한 많은 정보를 얻는 방법 밖에는 없었다.

태영이 지금까지 살면서 이렇게 열심히 무언가에 열중을 해본 적이 없었지만 지금은 오로지 혜미를 위해 노력을 하고 있었다.

인터넷의 모든 정보를 보아도 마땅한 것이 눈에 보이지는 않았다.

"이거야 원 막상 찾으려고 하니 보이는 것이 없네. 어떻게 하지?"

태영은 급한 것은 아니지만 최대한 준비는 해야 한다는 생각이 들어 마음이 급해졌다.

혜미의 부모님이 갑자기 변한 행동을 보면 분명히 추궁할 수 있을 것이고 그러면 자신이 드러나는 것은 일도 아니라는 생각이 들어서였다.

"그냥 국정원 같은 곳에 들어갈까? 예전에 원로 스님 한 분이 소개시켜 주겠다고 했던 것도 같은데……."

태영은 어디에 메여 있는 직장은 다니고 싶지 않았지만 혜미를 생각하니 무이라도 해야 했다.

태영이 이렇게 고민을 하고 있을 무렵, 스승인 대오 스님도 골치가 아프다는 표정을 짓고 있었다.

"제지 하나 들였더니 아주 스승을 못잡아 먹어 난리네."

대오 스님은 무공을 수련하느라 많은 인맥을 가지진 못했다.

그래도 제법 굵직한 사람들은 알고 지내는 사람들이 있는 것은 사실이었다.

곰곰이 생각하던 대오 스님의 머릿속으로 떠오르는 인물이 있었다.

“그래, 그놈이라면 가능할 거다!”

대오 스님의 얼굴이 금방 환해지는 것을 보니 태영의 문제
가 해결이 된 모양이었다.

『까불지 마!』 2권에 계속…

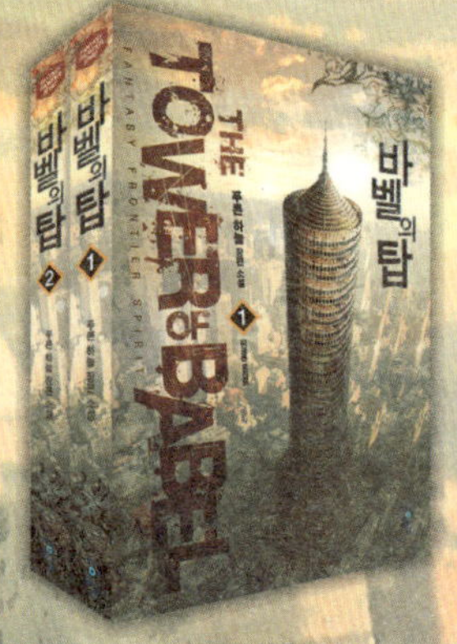

THE TOWER OF BABEL

바벨의 탑

FANTASY FRONTIER SPIRIT

푸른 하늘 장편 소설

「현중 귀환록」 작가의 놀라운 귀환!
새시대를 열 강렬한 현대물이 등장하다!

극서의 사막을 헤매다 만난 버려진 기지.
그를 기다리던 것은… 차원을 넘는 게이트!

「바벨의 탑」

하늘에 닿기 위해 건설되었다가 신의 노여움을 사 무너진 바벨의 탑.
그 정체는 차원을 넘나드는 게이트였으니.

바벨의 탑의 유일한 주인이 된 진운!
그의 앞에 열리는 새로운 세상, 삶, 운명!

억압하는 모든 것을 부수고 나아가는
한 남자의 장렬한 이야기가 시작된다!

拳王降臨
권왕강림
FUSION FANTASTIC STORY
무명서생 장편 소설